로크미디어가
유혹하는
재미있는 세상

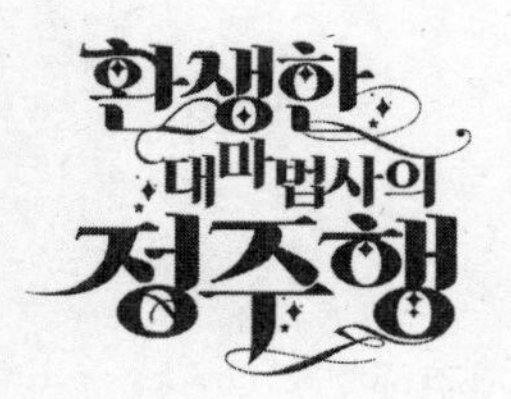
환생한
대마법사의
정주행

환생한 대마법사의 정주행 12

2021년 10월 8일 초판 1쇄 인쇄
2021년 10월 14일 초판 1쇄 발행

지은이 서상현
발행인 김정수 강준규

기획 이기헌 왕소현 박경무 강민구
책임편집 이정규
마케팅지원 배진경 임혜솔 송지유 이영선

발행처 (주)로크미디어
출판등록 2003년 3월 24일
주소 서울시 마포구 성암로 330 DMC첨단산업센터 318호
Tel (02)3273-5135 **편집** 070-7863-8597 **Fax** (02)3273-5134
홈페이지 rokmedia.com **E-mail** rokmedia@empas.com

값 8,000원

ISBN 979-11-354-6762-2 (12권)
ISBN 979-11-354-9260-0 04810 (세트)

서상현 판타지 장편소설

환생한 대마법사의 정주행

Contents

스승님의 유산

플레우드 구체를 향해 뻗은 손이 구체에 닿기 직전이었다.

번쩍!

다시 한번 섬광이 터지고, 투명한 모습의 스승님이 나타났다.

스승님의 한 손에는 꽤 두꺼운 가죽 표지의 책이 들렸다.

"……스승님?"

투명하다는 건, 플레우드처럼 눈에 잘 보이지 않는 게 아닌 형체란 게 없어 내 손이 그대로 통과되는 것을 말하는 것이다.

하지만 분명하게 그 모습은 스승님이었다.

"네가 학생 시절에 너를 봤을 때 보였던 그 미래의 일. 그때 봤던 모습과 지금의 네 모습이 똑같구나."

나를 제자로 들이기로 결정하셨을 때, 사일러드와 대면한 순간을 보셨다고 하지 않는가.

즉, 지금 스승님은 바뀐 내 모습이어도 어색하게 다가오지 않았다.

오히려 알고 있는 모습이니 친근하다고 할 수 있었다.

"스승님……! 설마, 정말로 초상화 안에 살아 계셨던 겁니까……?"

"정확히 말하면 기다렸지. 네게 무사히 이것을 건네줘야 했으니까."

스승님은 이제 들고 계셨던 책을 내게 건넸다.

"어서 받아. 너에게 이걸 전해 주려고 계속 기다렸으니까."

"……스승님, 어떻게 초상화 속에서 그렇게 살아 계신 겁니까?"

"뻔하잖아. 드레인 스펠. 내 영혼을 초상화에 묶어 뒀을 뿐이야. 몸은 잃었지만, 영혼은 온전했으니까."

스승님도 플레우드이며, 전대 대마법사.

그런 스승님이기에 모든 어둠 원소 마법을 다루는 것도 무리는 없었을 터다.

내가 책을 받기 직전, 스승님은 인자한 목소리로 말씀하셨다.

"그런데 에이머, 이게 무슨 기구한 우연인지, 너도 제자로 인해 상당히 비참한 상황을 겪은 듯하더구나."

"……네?"

내가 타일런트에게 당한 건 스승님이 돌아가시고 꽤 지난 이야기.

그런데 어떻게 그걸 알고 계셨을까?

의아함에 표정 관리가 되지 않았던 때, 스승님은 내 이마에 손을 대셨다.

"어떻게 알았는지 궁금하지? 이걸 보고 알았지."

그리고 스승님은 다시 링킹을 연결해, 스승님의 기억을 보여 주셨다.

내 시선에 보관소의 모습이 들어왔다.

'초상화의 시점인가?'

스승님은 초상화 속에 영혼을 옮겨, 나를 기다리셨다고 하지 않았던가.

아무래도 그런 듯하다.

시선이 움직이지 않고 보관소의 입구만을 바라보고 있단 뜻은, 움직일 수 없단 뜻이기도 하니까.

현재 나는 스승님이 초상화 안에서 겪었던 일 중 하나를 엿보는 중이다.

그러던 중, 보관소에 사람 한 명이 나타났다.

'셔먼…….'

문지기란 직책을 가졌던 타일런트의 최측근.

셔먼은 거대한 초상화를 가지고 보관소에 나타났다.

당연, 초상화 속의 주인공은 그가 떠받드는 대마법사, 드라코 타일런트였다.

'내가 죽고 나서, 타일런트가 대마법사가 된 직후의 일인가?'

그렇지 않고선 굳이 타일런트의 초상화를 들고 이곳으로 나타날 이유가 없으니까.

셔먼은 그렇게 유유히 걸어, 내 시선의 바로 옆에 섰다.

시선은 셔먼을 그대로 따라갔고, 그가 뭘 보고 있는지 확인할 수 있었다.

바로 내 초상화 앞이었다.

—아르키스 에이머. 생긴 건 곱상하네.

허리까지 오는 장발의 백발.

입고 있는 로브 소매도 바닥에 끌릴 정도로 길었으며, 로브 또한 온통 하얀색.

입가는 옅은 미소를 머금은, 정면 전신을 담은 내 모습이다.

그런 내 초상화를 보고 셔먼이 말했다.

일종의 감상평이라고 할 수 있었다.

그리고 셔먼은 내 얼굴을 이때 처음 봤던 게 분명하다.

–명령이니까…….

셔먼이 내 초상화를 향해 손을 뻗고, 어둠 원소 마법을 구현했다.

순식간에 내 초상화 전체에 검은 어둠이 드리웠고, 일정한 시간이 지나자 셔먼의 마법은 사라졌다.

그와 동시에 내 초상화도 온데간데없이 사라지게 되었다.

'에이머…… 저자는 누구이길래 성스러운 너의 초상화에 손을 대는 것이냐? 설마, 네가 대마법사 자리에서 내려오게 된 것이냐? 자력이 아닌 어떠한 사정이나 압박으로 인해?'

그 순간 스승님의 생각이 들렸다.

셔먼이 내 초상화를 없앤 것도 전부 타일런트의 명령을 받아서다.

타일런트는 대마법사가 된 순간부터 꼭대기를 지켜야 하니, 움직일 수 없는 몸.

따라서 대신 명령을 이행할 사람이 셔먼이었던 것이다.

셔먼이 그렇게 다시 한 칸 옆으로 물러나, 가지고 온 타일런트의 초상화를 벽에 걸려던 순간.

다시 스승님의 생각이 들려왔다.

'새로운 초상화……. 그렇구나, 에이머. 넌 대마법사 자리에서 강제로 내려오게 되었구나. 지금 저자가 하고 있는 건, 우리가 아는 임명식이 아니잖아?'

'스승님…….'

'그런데 에이머, 저자는 왜 너의 초상화를 악의적으로 훼손한 것일까? 이곳 보관소의 초상화는 마법사들의 역사를 담은 곳. 그 누구도 손을 대선 안 되는데 말이야. 네가 정상적으로 결정한 후임 대마법사라면, 그런 걸 모를 리가 없을 텐데. 그 뜻은…… 설마, 죽임을 당한 것이냐?'

스승님은 셔먼의 행동을 보고 꽤 정확하게 추측하셨다.
그리고 셔먼이 타일런트의 초상화를 벽에 거는 순간에.

'고얀 놈들. 내가 애써 키운 제자를 해하다니, 용서할 수 없다. 이곳 초상화 보관소는 자격이 있는 자들만 걸릴 수 있는 성스러운 곳. 에이머의 초상화를 훼손한 너희들에게 자격이란 게 있을 리가 없지.'

팡!

타일런트의 초상화가 벽에서 그대로 튕겨 나가, 반대편 벽과 부딪쳤고.

그 순간 초상화는 두 동강이 났다.

서먼은 당황한 표정을 지었다.

'이름 모를 에이머의 후임이여. 내가 있는 한, 너의 초상화는 걸릴 수 없다. 내 비록 육신은 사라지고 초상화 안에 고립된 상황이라 할지라도, 너희 초상화 방해쯤은 거뜬하지. 이곳은 오직 자격을 정상적으로 부여받은 자만이 안착될 수 있는 곳이란다, 애송이.'

그 순간 링킹은 끝이 났다.

"설마…… 스승님께서 타일런트의 초상화를……?"

"초상화 속 놈의 이름이 타일런트더냐?"

"……예."

"그렇군."

"그런데 이름도 모르셨는데 어떻게 제 제자인 걸 아셨습니까?"

"눈치껏 알았지. 너를 해할 놈은 너와 아주 가까운 곳에 있는 녀석일 테니까. 그 모든 것이 성립될 사이는 사제 관계밖에 더 있더냐?"

"……스승님의 혜안은 늘 감탄스럽군요. 역시, 저따위는 감히 넘볼 수도 없는 그 혜안."

진심이다.

셔먼이 타일런트의 초상화를 걸려는 것만 보고 타일런트가 내 제자라는 것과 내가 그에게 살해당했음을 알아차리셨으니까.

"혜안은 너보다 뛰어날지 몰라도, 마법적 재능은 아니란다. 그러니까 에이머."

스승님은 이제 책을 내게 더 가깝게 내미셨다.

"난 이 안에 든 마법을 소화할 수 없었지만, 너는 가능하지 않느냐? 청출어람이란 것이 쉽게 발생하는 현상이 아니라곤 하지만, 너라면 분명 이룰 수 있는 말이라고 생각한단다."

"……스승님."

"그러니 어서 받아. 네가 이걸 받으면 나도 더는 존재할 이유가 없으니 사라질 것이다. 내가 기다린 이유는 내 손으로 직접 너에게 이 책을 전해 주기 위함이었으니까."

하지만 조금 망설여졌다.

얼마 만에 만나는 스승님인데, 이 짧은 만남 이후로 영영

사라지시는 상황에서 어떻게 덥석 남기신 유산을 받을 수 있을까.

유산이 내 손으로 완전히 들어온 순간 모든 것이 끝이 나는데.

"에이머, 네 마음 잘 안다. 그러나 우리에게 허락된 시간이 없는 것도 사실이지 않더냐?"

"……스승님."

"그래도 기쁘구나, 사일러드와 달리 너는 나를 진심으로 존경하고 있단 것이 보이니까. 그래도 바깥 상황이 좋지 않아."

-끄윽……!

그 순간, 어디인지는 모르겠지만 가렌트의 외마디 비명이 들려왔다.

스승님이 보여 주신 바깥 상황.

그것은 초상화 밖에서 일어난 상황을 뜻했다.

사일러드의 소환체들이, 수를 제대로 헤아릴 수도 없이 많은 수가 이미 보관소에 침입했다.

형태가 아주 이상했는데, 학생의 모습을 한 소환체들의 한쪽 팔은 전부 늑대의 머리였다.

'설마…….'

사일러드는 신물을 이용해 대상을 먹어 치우면, 대상이 가진 힘 일부를 흡수하는 능력이 있단 것을.

스승님은 보여 주셨다.

그리고 학생의 모습을 한 소환체들에게 달린 늑대의 머리.

그것과 똑같은 거라고 본능적으로 알아차렸다.

가렌트는 그런 소환체를 차례차례 격파하고 있던 것으로 보였다.

그러나 수가 너무 많아서였을까.

가렌트의 팔 한쪽은 결국 늑대의 머리가 달린 팔에 공격당했다.

“친구 도와주러 가야지? 지금 너에게 무엇보다 중요한 일이잖아.”

“……스승님, 다시 만날 수 있을까요?”

“너에게 주어진 상황부터 정리하고 정상적인 절차로 저승으로 오렴. 기다리고 있으마.”

타일런트에게 죽임을 당한 것 말고.

내가 늙어 죽거나 하는 정상적인 죽음으로 오란 뜻이었다.

“그리고 그 책에 내가 미처 설명 못 한 자세한 것들이 적혀 있으니 꼭 읽어 보려무나. 어쩌다가 위의 세계가 두 개가 존재하는지, 그 이유 전부가 있으니까.”

“……알겠습니다, 스승님.”

난 그렇게 책을 덥석 받았다.

“고맙다, 에이머. 기다린 보람을 느끼게 해 줘서.”

스승님은 내게 책을 건네준 그 순간, 몸체가 서서히 사라졌고.

사라지기 직전 내게 남기신 말이다.

“아니요, 오히려 제가 감사합니다. 기다려 주셔서.”

“녀석, 마지막까지 기특하긴.”

그것을 끝으로, 어둡던 주위 배경은 완전히 사라졌다.

스승님의 텔레포트와 링킹은 끝이 난 것이다.

초상화에서 나오자마자 난 가렌트를 문 늑대의 머리를 마검 일격으로 소멸시켰다.

“왜 이렇게 늦었어!”

가렌트는 그제야 내가 돌아왔단 것을 확인했다.

“미안하다. 괜찮아?”

“어, 급소는 아니야.”

가렌트는 팔을 공격당하긴 했지만, 살점이 뜯어 먹히거나 그러진 않았다.

그저 그의 두꺼운 팔에 늑대의 이빨 자국이 몇 개만 나 있을 정도의 경상이다.

가렌트는 아무렇지 않게 털어 버리고 곧장 마검을 다잡았다.

마치, 고통이 느껴지지 않은 것처럼 보였다.

'하긴, 검사들 훈련 방식이 고통에 익숙해지는 거지.'

"그래도 가렌트 조심해. 저 늑대의 팔로 공격당하면 네가 가진 힘 일부가 사일러드에게 흡수돼."

"……그걸 어떻게 알아?"

"스승님이 보여 주셨어."

"……."

가렌트는 뭐가 어떻게 돌아가는 중인지 모르지만, 그래도 굳이 이 자리에서 캐묻지 않았다.

상황이 상황인지라 여유롭게 묻고 자시고 할 때가 아니다.

"돌아가자, 가렌트. 여기가 정답이 맞았다."

"……만나고 왔어?"

"응."

난 가렌트에게 스승님이 내게 남기신 유산.

이름 모를 책을 보여 줬다.

"……무슨 책이야?"

"몰라. 아직 내용도 못 봤어. 아무튼, 얼른 돌아가자. 내 손 잡아."

난 마검을 집어넣고, 가렌트에게 손을 내밀었다.

"어떻게 돌아가려고?"

"텔레포트."

“아하.”

가렌트가 내 손을 덥석 잡았을 때, 보관실에서 탈출하기 위한 텔레포트를 시전했다.

내 목적지는 1층 복도.

굳이 사일러드의 소환체들을 다시 무력으로 뚫고 돌아갈 이유는 없다.

복도에서 보관실로 왔을 때나 우릴 방해하는 것들이 없었으니, 그저 뛰어서 왔지만.

지금은 장애물들이 넘쳐 나지 않는가?

그런 장애물을 헤치면서 가는 건 시간만 낭비하는 일.

이럴 땐 건너뛰는 게 무조건적으로 옳다.

“간다, 가렌트.”

“응.”

그렇게 가렌트와 손을 맞잡은 채로, 나는 복도로 텔레포트를 시전했다.

“……뭐지? 에이머 놈이 손에 들고 있는 책, 분명히 저곳에 가기 전엔 없던 건데.”

꼭대기에서 모든 상황을 주시하던 사일러드.

그는 에이머의 한 손에 들린 책에 집중했다.

'저놈은 또 어디로 사라졌다가 나타난 거야? 분명 스승의 초상화 앞에서 일어났는데.'

정황상 누가 보더라도 페트라의 초상화 속에서 어떤 일이 일어난 것이다.

사일러드도 이렇게 된 이상, 곱게 보내면 안 된단 생각이 들었다.

"별수 없군. 내가 직접 움직여야지."

가렌트를 텔레포트시키고, 1층 복도에 안착한 순간이었다.

스멀스멀 내게 다가오는 상당히 불쾌한 기운.

단순히 불쾌한 것만 있는 건 아니다.

마치, 피가 통하지 않다가 갑자기 통하면 피부가 찌릿하게 저린 것처럼.

내 피부 표면은 미세한 전류가 흘렀다.

"에이머, 몸이…… 이상한데? 원래 텔레포트를 하고 나면 이런가?"

나만 그렇게 느끼는 게 아니다.

적어도 가렌트도 현재 나와 같은 것을 느끼는 중이다.

"아니. 이건……."

강한 힘을 가진 누군가가 이쪽으로 오고 있다는 뜻.

그리고 본교에 있는 강한 누군가란, 굳이 알아보려 하지 않아도 정해져 있지 않은가.

사일러드밖에 없었다.

"사일러드가 이미 이곳으로 오고 있는 것 같군."

휘이잉―!

내가 딱 그 말을 한 순간.

복도에 어둠이 드리워지며, 검은 불꽃을 휘감은 바람이 불어왔다.

전부 사일러드가 가지고 있는 원소들이다.

바람이 우리 앞에 뭉치자, 그 안에서 사일러드가 모습을 드러냈다.

"……사일러드."

난 반사적으로 가렌트를 보호하듯 그의 몸을 뒤로 조금 밀치고 앞에 섰다.

애초에 사일러드와 단판을 짓기 위해 온 게 아니다.

스승님을 만나고 무사히 복귀하는 것.

그것이 우리의 계획이다.

계획엔 여전히 변함없다.

그런데 사일러드의 모습을 보고 의아했다.

그의 얼굴 반쪽에 새빨간 화염이 가면처럼 자리 잡아 여전히 불타고 있었고, 화염의 테두리엔 검은 불꽃이 있었던 것이다.

'얼굴이 왜…… 저 지경이지? 설마, 에타르의 마법으로 인해서?'

그것밖에 없을 거다.

사일러드가 원소 마법을 다룰 땐, 그가 가진 원소 전부가 섞여 나오는 특징이 있는데.

그의 얼굴에 검은 불꽃과 빨간 화염이 동시에 자리 잡혀 있을 리가 없을 테니까.

난 비전력의 플레우드 마검을 경계하듯 들고, 그와 거리를 유지했다.

"아르키스 에이머. 그 책, 누구한테 받은 거지?"

그는 오자마자 내 손에 들린 책에 관심을 보였다.

'신물을 통해서 본 건가.'

그의 등장과 우리가 보관소에서 탈출한 것, 타이밍이 너무 절묘하게 맞아떨어진다.

그렇다면 그것이 의미하는 것은 단 하나.

사일러드는 멀리서 우릴 지켜보고 있었단 뜻이 된다.

모브를 통해서 보진 않았을 테니, 의심이 가는 건 그가 소환한 신물밖에 없었다.

"글쎄, 너에게 친절하게 알려 주고 싶은 마음은 없어서."

"당돌하군. 묻는 말에나 답하지?"

"왜 책에 집착하는 걸까? 천하의 사일러드가 말이야. 두려

울 게 없는 놈이잖아? 그런데 책은 두려워?"
그렇게 시작된 나와 사일러드의 신경전.
사일러드는 입을 꾹 다물고 매서운 눈초리로 나를 노려봤다.
먼저 공격을 하지도 않는 게 의아했지만, 어떠한 생각이 많은 것은 확실했다.
"그러고 보니, 너도 스승님의 제자였다며? 그것도 첫 제자. 이름이…… 아스트랄?"
"……."
사일러드의 표정이 변했다.
스승님의 제자였던 것이 자신에게 있어 오점, 혹은 치부라고 생각한 걸까.
평정심을 조금 잃은 모습이다.
"이제야 이해가 되네. 내가 에드 분교에 있던 시절, 네 책을 읽은 적이 있거든. 나조차도 제대로 이해가 안 되던 문장들인데 키에나가 어떻게 바로 즉시 알아차렸는지 말야."
애초에 키에나는 사일러드의 소환 마법 전부를 담은 조각.
따라서 이미 알고 있던 내용이라고 해도 무방할 정도다.
그러나 키에나는 스스로 자신이 소환 마법에 통달했다는 것을 자각할 수 없던 상태였다.
처음부터 다 알고 있지만, 잠시 그것을 잊은 것과 처음부터 모르고 차근차근 쌓아 가는 건 본질적으로 다르다.

스승님이 나를 지도하실 때, 마법 하나를 익히면 일부러 링킹으로 기억을 가린 것이 바로 그 기본기부터 탄탄하게 만들 생각 때문이었으니까.

키에나도 사일러드가 전부 의도한 것은 아니었겠지만, 결과적으로 나와 같은 방식의 지도를 받은 것이다.

"네가 그 이름을 알고, 나와 너의 스승의 관계도 안다는 것은…… 네가 사라졌을 때, 스승이 무슨 농간을 부렸던 거로군."

정말 사일러드는 이제 스승님을 진심으로 모시는 마음이 없어 보였다.

하기야…….

그런 마음이 먼지만큼이라도 남아 있는 놈이었다면 마법 사회 전체를 공격하는 일도 없었겠지.

그가 말하는 '스승'이란 건 그저 스승님의 이름도 부르기 싫어서 부르는 명칭일 뿐, 아무런 의미가 없어 보였다.

"그렇다면 그 책도 스승에게 받은 거겠군, 아르키스 에이머."

사일러드는 다시 검은 화염을 휘감은 바람을 일으켰다.

"가지고 와."

그리고 그 바람을 이용해 내 책을 뺏으려 했지만.

팅!

난 비전력 마검을 땅에 꽂고, 마검을 중심으로 비전력 플레우드의 방어막을 펼쳤다.

"스승님이 내게 남기신 유산인데, 쉽게 뺏길 순 없지."

사일러드는 스승님에게 있어서 가장 애정 어린 제자였을 거다.

물론, 그가 사일러드란 이름이 되기 전.

그리고 스승님이 대마법사가 되기 전까지는.

그를 제자로 들이기로 결정한 것도 그의 재능을 알아본 것이 아닌, 긍정적으로 당돌한 꼬마 아스트랄에게 속는 셈 치자고 하셨으니까.

하지만 그런 제자를 잡기 위해 긴 시간 동안 고생해 겨우 손에 넣은 것.

그것을 이제 내게 주셨다.

따라서 난 예전에 꼭대기의 봉인석이 있었을 때처럼, 목숨보다 중요하게 여겨야 할 것이 생겼다.

사일러드의 견제를 막아 내면서, 바로 모브를 현상화하여 밑의 세계에 있는 임펠을 향해 연락했다.

"임펠!"

―네! 아르키스 님!

다행히 오브는 문제없이 곧장 작동되며, 임펠이 즉시 답했다.

"셔먼을 보여라."

—옙!

임펠은 대답이 채 끝나기도 전에 모브를 통해서 셔먼을 보여 줬다.

그와 동시에 바이스는 다시 셔먼에게 해독제를 강제로 먹였고, 그의 정신은 마법을 사용할 수 있는 상태로 돌아왔다.

현상화된 모브로 링킹을 구현하자, 이번에도 아무 문제 없이 셔먼과 내가 링킹으로 연결되었다.

처음 포털을 열게 했던, 타일런트가 살아 있을 적에 포털을 열라고 지시한 기억을 다시 보여 줬다.

—알겠습니다…… 보름달이시여…….

셔먼은 흐리멍덩한 표정을 지으며, 포털을 열었다.

포털의 위치는 정확히 내 뒤.

난 그 즉시 가렌트에게 소리쳤다.

"가자! 가렌트!"

그러나 그 순간 더욱 적극적으로 움직이는 또 한 사람이 있었으니.

바로 사일러드였다.

그는 포털이 열린 것을 직접 보자마자 집착이 심한 것처럼 자신의 신물을 포털 속으로 넣으려는 시도를 하기 위해 좁은 복도가 미어터질 정도의 신물들을 강제로 구현하고, 불나방처럼 포털로 뛰어들기 시작했다.

학생 모습을 한 신물, 혹은 달리기가 빠른 늑대.

신물들의 유형도 각양각색이었다.

사일러드는 원소 마법으로는 여전히 나를 견제해, 신물이 나를 추월하여 포털 속으로 달려들 수 있도록 했다.

포털과 가장 가까웠던 것은 가렌트.

달려드는 사일러드의 신물을 전부 처리하면서 입구를 단단히 지켰다.

"뭐 해! 얼른 안 오고!"

포털이 뻔히 열렸는데 왜 아직도 마검을 꽂은 채로 가만히 있냐는 답답함의 외침이었다.

난 바로 꽂았던 마검을 뽑아 들고, 여전히 날아드는 사일러드의 원소 마법을 방어한 채로 천천히 뒷걸음질로 포털로 향해 다가갔다.

그리고 그렇게 가렌트와 함께 포털 앞에 정확히 도달했을 때.

난 일단 가렌트의 어깨를 밀쳐서 포털 속으로 밀어 넣었다.

"에이머!"

나의 돌발 행동에 상당히 놀란 눈동자를 한 채로 가렌트는 먼저 밑의 세계로 안착하게 됐다.

내가 가렌트를 먼저 보냈던 이유.

꼭 사일러드에게 묻고 싶은 게 있어서다.

포털 속으로 들소처럼 돌진하는 신물들을 막기 위해, 다시 포털 앞에 마검을 꽂은 채로 플레우드 방어막을 구현했고.

그 마법을 이룬 성질은 플레우드 보주화로 바꿨다.

처음부터 비전력으로 만들었던 플레우드 마검이기에, 들소처럼 맹진하던 사일러드의 신물들은 방어막에 닿자마자 가루가 되어 사라졌다.

"사일러드."

포털 수비도 완벽히 된 것을 확인한 뒤에, 그를 불렀다.

당연하게도 그는 내 부름에 답하지 않았다.

그래도 상관없다.

어차피 답을 바라고 불렀던 것도 아니니까.

하지만 묻고 싶은 건 물어야 했다.

난 손가락으로 그의 얼굴을 가리켰다.

"그 얼굴, 내 제자가 그런 건가? 가장자리를 검은 화염으로 두른 것만 봐도, 꼭 불이 번지는 걸 막기 위한 것처럼 보이는데."

"……."

사일러드는 오히려 눈을 부릅뜰 뿐, 아무런 반응도 보이지

않았다.
"네 반응을 보니, 맞는 것 같군. 직접 보고 싶지만, 그건 다음으로 기약하지."
"네가 내 머릿속을 헤집겠단 거만한 생각을 하다니, 기가 차군."
그도 어찌 됐건, 나와 같은 스승님을 모신 적이 있다.
그러나 그는 이미 오랜 과거형에서 멈췄고, 나는 현재 진행형으로도 계속 스승님을 모신다는 차이만 있을 뿐이다.
사일러드도 결국엔 스승님의 제자였기에, 링킹에 대해서는 빠삭한 모습이었다.
"마음먹으면 얼마든지 할 수 있어. 그러나 지금은 때가 아니지. 넌 어차피 이곳 위의 세계에 고립된 상황. 내가 직접 오지 않는 이상, 네가 할 수 있는 일은 신물을 밑의 세계로 흘리는 것뿐이지."
"……."
다시 정곡이 찔렸을까.
그는 입을 다물었다.
"그러니까 기다리고 있어라. 다음에 근사한 선물을 들고 올 테니."
"그 책을 받고 나서 의기양양해졌는데, 뭐 대단한 거라도 들은 모양이군."
"당연하지. 스승님이 주신 거니까."

난 책을 사일러드가 더욱 잘 볼 수 있게 들었다.

"우린 같은 스승님을 모셨지만, 결국엔 스승님이 직접 인정하신 제자는 나 하나밖에 없지 않아? 그러니 돌아가시고서도 이걸 내게 전해 주시려고 날 기다렸지."

사일러드의 표정이 변했다.

그 표정은 마치 '내가 제자였다는 걸 네가 어떻게 알고 있지?'라고 묻는 듯했다.

"넌 생각이 너무 유치한 마법사였어, 사일러드. 고작 가주 자격 심사에 떨어졌다고 그런 꼴이 되었다니. 한심하기 그지없군."

"……."

이에 사일러드는 이를 뿌득 갈 듯이 볼에 힘이 바짝 들어갔다.

"네 유치함에서 시작된 삐뚤어진 욕망. 나의 스승님을 대신하여 곧 바로잡기 위해 친히 찾아올 것이니, 기다리고 있거라."

이제 포털로 바짝 다가갔다.

우선 한 발자국만 먼저 포털 속으로 집어넣은 채로 사일러드에게 말했다.

"아, 스승님이 너에게 이 말은 꼭 전해 주라고 당부하시더군."

물론, 그런 말을 하신 적은 없다.

이건 내가 그냥 지어내는 얘기일 뿐이다.

즉, 내가 사일러드에게 남기고 싶은 말인 것이다.

그런데도 굳이 스승님을 들먹인 이유, 그것은 사일러드에게 가장 효과적인 모욕이라고 생각했기 때문이다.

"……뭐?"

"'넌 네가 자의로 스승님을 등지고, 나아가 마법 사회까지 등졌으니, 제자 아스트랄은 이미 예전에 죽었다. 탕아에 지나지 않는 사일러드 너를 지도할 새 스승이 찾아갈 것이다. 물론, 지도는 목숨을 담보로 하는 속죄이지.'라고 하셨지. 잘 들었지?"

그 지도를 행할 새 스승은 바로 나를 말하는 것이다.

"그 말 곱씹고 있어라. 절대 잊지 마. 새 스승이 친히 여기로 찾아올 거니까."

그리고 난 그대로 다이빙하듯, 몸을 던지며 포털로 들어갔다.

마검을 뽑지 않은 채로 들어온 것이기에 포털의 입구는 여전히 단단히 지켜질 수 있었다.

어차피 내가 밑의 세계에 안착하고 포털을 닫으면 플레우드 마검도 자연스럽게 소실할 거니 걱정은 없다.

난 사일러드가 과연 지금 어떤 기분일지.

그것이 가장 궁금했다.

절대로 이것을 이해 못 할 멍청한 마법사가 아니란 것쯤을 알고 있으니까.

밑의 세계에 도착하자마자, 포털에서 나와 가렌트가 나온 것을 확인한 바이스는 즉시 셔먼에게 다시 환각제를 먹였다.

포털은 곧장 닫혔고, 사일러드의 신물이 포털을 타고 밑의 세계로 스며드는 불상사는 완벽하게 차단한 직후였다.

“에이머, 왜 날 밀쳐서 먼저 보낸 거야? 깜짝 놀랐잖아.”

모든 것이 평화롭게 끝나던 그때.

가렌트가 불만스럽게 물었다.

“미안하다, 사일러드에게 할 말이 있어서.”

“그게 꼭 내가 없어야 했던 건가?”

“그런 건 아닌데, 그렇게 하는 게 상황을 빨리 끝낼 수 있을 것 같아서지.”

여유를 조금만 줬다간 사일러드의 신물이 포털을 타 버리는 일이 생길까 싶어서였다.

“미리 말하지도 않은 일이어서 순간 가슴 철렁하더라.”

하긴, 가렌트 입장에서는 충분히 그랬을 거다.

“아무튼, 평화롭게 끝났으니 다행 아니겠어?”

이제 마법을 사용할 수 없는 상태에 빠진 셔먼을 보고, 바이스에게 말했다.

"얘는 너희들에게 맡겨도 되겠지?"
"일은 잘된 건가요?"
바이스가 고개를 끄덕이며 물었다.
"응. 스승님한테 이거 받아 왔다."
그리고 난 스승님이 직접 건네주신, 의문의 책을 바이스에게 보여 주며 답했다.
"……알라이즈 님이 남기신 책이라고요?"
"응."
바이스도 내 스승님의 얼굴을 알긴 하지만, 친분이 두터운 것은 아니었다.
플레우드 가문인 에밋 가문은 내가 대마법사로 있기 전부터 존재했던 곳.
정확히 말하면 스승님이 대마법사가 되고 나서 생겨난 가문이다.
그렇기에 내 제자들이 스승님과 마주친 적은 없어도, 바이스만은 그렇지 않았다.
다만 친분이 두텁지 않았을 뿐 서로 이름과 얼굴은 아는, 조금은 거리감이 있는 사이라고 할 수 있었다.
그런 스승님이 직접 남기신 거라고 하니 바이스도 고대 유물을 감상하듯, 책을 바라보는 시선이 그랬다.
"설마, 만나신 겁니까? 알라이즈 님과?"
"응. 아마 450년도 넘는 시간 만에 만난 거지."

"……감회가 남달랐겠습니다."

"처음엔 그랬는데, 지금은……."

솔직히 조금은 복잡하다.

사일러드가 어떤 녀석인지 알게 되었고, 그로 인해 스승님이 혼자서 얼마나 고생과 노력을 했는지도 알게 되었으니까.

마냥 감회가 새롭진 않다.

"아무튼, 셔먼은 너희에게 맡기마."

"네, 알겠습니다."

셔먼을 뒤로한 채, 나와 가렌트는 먼저 검사들의 거리로 향했다.

"표정이 무덤덤하고 생각이 많아 보이는데. 네 스승님과 만나서 무슨 일이 있었는지 알려 달라고 하면 알려 줄 건가?"

떠보듯이 묻는 가렌트.

알려 주지 않을 생각은 없다.

나와 함께 검사의 거리로 돌아가는 그길에, 난 가렌트에게 스승님에게 전해 들은 모든 것을 알려 줬다.

사일러드가 원래 스승님의 첫 제자였고.

그가 어쩌다가 저런 극악무도한 존재로 변하게 되었는지.

그리고 스승님은 나의 어떤 부분을 믿고 모든 것을 맡기셨는지까지 주절주절 늘어놓듯 설명을 마쳤을 때였다.

"……너랑 사일러드가 동문?"

가렌트는 그 부분에 유독 집중했다.

"냉정하게 따지면 선배지."

"참, 기구하네. 같은 스승을 모셨다니. 정말 둘은 완전 딴판인 마법사인데 말이야."

가렌트도 그 부분이 신기하게 다가온 모습이었다.

"아무튼, 그래서 이제…… 네가 할 건……."

가렌트가 내 책을 쳐다보며 말했다.

이 책이 어떤 책인지도 함께 말해 줬으니, 그는 내 다음 계획도 잘 알고 있는 사람 중 하나였다.

"책 조금만 훑고, 바로 시작할 거야."

위의 세계를 만드는 법이 담긴 책.

스승님은 내게 간략하게만 설명하셨고, 꼭 책을 읽어 보라고 하셨다.

전하지 못했던 중요한 것들이 고스란히 담겨 있다는 이유에서다.

"그러니 당분간 날 찾지 마라. 며칠 걸릴 거 같거든."

"……당분간은 혼자 투기장에서 시간 보내고 있겠군."

가렌트는 조금 아쉽게 답했다.

그렇게 검사의 거리로 함께 도착했고, 우리 둘은 각자 다른 방향으로 향했다.

가렌트는 투기장으로.

나는 나의 집으로 돌아왔다.

스승님에게 받은 책은 책상에 올려 두고 책은 아직 펴지 않은 채로 그 표지만 바라봤다.

이 책.

기억을 뒤져 보니 내가 예전에 몇 번이고 본 책이다.

바로 스승님의 초상화 속에 그려 놓았던, 제목은 없는 가죽 소재의 책.

그 책이 바로 이 책이었다.

스승님은 나를 가르치실 때도 이 책을 틈틈이 읽으셨다.

하지만 아무리 노력을 해도 끝끝내 이 책이 담고 있는 마법을 익힐 수 없었던 이유.

비전력 사용자만이 이 책에 담긴 마법을 사용할 수 있었기 때문이다.

나를 제자로 들이기 전에는 그 사실을 몰랐지만, 나를 들이고 나서는 알았을 것이 분명하다.

그런데도 이 책을 계속 봤던 이유는, 아마도 비전력이란 게 선천적으로 정해진 재능이 아닌, 후천적으로도 충분히 얻을 수 있는 재능이 아닐까 하는 기대가 있어서였을 것이다.

책은 다 낡아 해어져 버려서 제목도 없이 가죽 소재의 표지만이 덩그러니 남아 있었다.

원래는 있었지만, 시간이 지나서 글씨가 사라진 게 아닌.

아예 처음부터 제목이 없었던 책으로 보였다.

얼마나 오래된 책인지, 가죽 표지는 오래돼서 변색된 얼룩이 여기저기 있었고, 심지어는 조금 역한 냄새도 풍겼다.

군데군데엔 가뭄이 극심하게 찾아온 땅처럼 쩍쩍 갈라진 곳도 있었다.

제목도 없는 책.

대신, 책의 하단부에는 작은 글씨로 'KALITO'라고 적혔다.

워낙 작아서 제대로 보지 않으면 저런 글자인 줄 모를 정도로 작았다.

이 또한 너무 낡아서 글씨가 흐릿해져서 그런 것으로 보였다.

"칼리토……."

아마도 이 책의 저자 혹은 주인의 이름일 것이다.

난 그렇게 책을 그제야 펼쳤다.

책의 내지인 페이지도 상당히 낡아서 누리끼리한 양피지다.

페이지를 넘길 때도 조심하지 않으면 그대로 페이지 하나가 사라질 수 있는 책이다.

난 페이지를 조심스럽게 검지와 엄지로만 집으며 읽기 시작했다.

책은 목차도 없이, 바로 본론으로 시작되었다.

바로 비전력—책에선 비전력이라고 정확히 명시하지 않았다. 그저 자원이라고만 했다—을 사용해 위의 세계를 만드는 법이었다.

아마도 비전력이란 이름은, 나중에 마법사들이 붙인 이름으로 보였다.

위의 세계도 이 책에선 '별도의 세상'이라는 명칭을 사용했다.

즉, 이 책은 비전력과 위의 세계라는 정식 명칭이 붙기도 전에 만들어진 책일 수 있었다.

'하긴, 이 책으로 인해서 두 개의 위의 세계가 생겨났다고 하셨지.'

검사와 마법사가 서로의 사회를 가지고 있던, 지금까지 전해져 내려오는 두 개의 위의 세계.

그것들이 전부 이 책으로 시작되었으니, 명칭이 다른 것도 무리는 아니다.

책을 쭉 읽던 중, 나도 모르게 한탄스러운 한숨을 흘렸다.

"이게 뭐야……."

위의 세계를 만드는 방법이.

생각 외로 너무 간단해서 허탈할 정도였다.

보주화를 거대하게 구현하고 그걸 비전력으로 바꾸든가, 처음부터 비전력으로 거대한 보주화를 만들면 되었다.

여기까지만 보면 난 이 책을 보지 않아도 위의 세계를 만드는 법을 어느 정도는 알고 있던 것이다.

하지만 새로운 위의 세계를 만들기 위해서는 추가되는 한 가지가 있었으니.

바로 익스팬로스(Expanrous)라고 불리는 마법을 비전력 보주화 속에 추가하는 것이었다.

"……익스팬로스?"

나도 처음 듣는, 생소하고도 쓸데없이 길다고 느껴지는 이름의 마법이다.

어떤 효과를 가진 마법인지도 모른다. 마법의 이름을 가지고 어떤 효과를 가졌는지, 추측해 보려고 해도 당최 의심이 가는 게 없었다.

아마 이것저것 단어가 조합되면서 만들어진 마법으로 보였다.

따라서 결정적으로, 이 마법을 알고 있어야 위의 세계를 만들 수 있는 것이다.

스승님이 알려 주시지 않은 것이다.

일단 책은 그렇게 차근차근 읽으면서 넘겼다.

그다음 장엔 위의 세계가 두 개 이상 존재했을 시에 볼 수 있는 효과가 적혀 있었다.

"……스승님은 그래서 내게 꼭 읽어 보라고 하셨구나."

바로 위의 세계가 두 개 이상 있을 시.

두 세계를 잇는 통로를 자력으로 만들 수 있었다.

웨이 포인트가 필요 없이, 간단한 마법으로 해결이 가능한 것이었다.

단, 이것에는 분명한 조건이 있었는데.

바로 두 개 이상의 위의 세계는 존재하되, 주인은 한 명만 있어야 한다는 점이다.

이것을 풀이하자면, 한 사람이 두 개 이상의 위의 세계를 만들든가.

그게 아니면 두 사람이 두 개의 위의 세계를 만들었을 경우, 둘 중 하나는 사라져야 할 수 있다는 뜻이다.

그리고 스승님이 말씀하신 것처럼, 위의 세계는 위의 세계 주인의 원소 성격을 따라간다.

불 원소로 만든 위의 세계에 불 원소사가 간다면 그 세계에 있는 것만으로도 탭 테이킹이 자동적으로 적용되어 구현하는 불 마법 전부가 강력해지고, 상성이 뚜렷한 물 원소사는 그 세계에 있는 것 자체가 고문인 상태가 되는 것이었다.

이는 전부 위의 세계의 본래 시작이 보주화였기에, 아주 당연한 결과였다.

그런데 그렇게 몰입해서 읽던 와중.

책의 페이지가 완전히 끝이 났다.

"……이게 뭐야?"

페이지가 끝났단 것은 정말 내가 두꺼운 책을 그 짧은 시간에 끝까지 읽었다는 뜻이 아닌, 도중에 내용이 끝이 났단

뜻이다.

이것이 이 책이 가진 또 하나의 이상한 특징.

책은 분명히 두꺼운데, 정작 내용은 위의 세계를 만드는 법 하나가 끝이란 점이다.

즉 족히 300페이지 이상을 가진 책인데, 정작 내용은 20페이지가 채 되지 않았다.

난 실제로 내가 읽을 책의 페이지를 세어 봤다.

고작 13페이지였다.

13페이지 안에 위의 세계를 만드는 법과 그 효과를 간략하다면 간략하게, 자세하다면 자세하게 서술하고 끝이다.

"그런데 왜…… 책이 이렇게 두껍지……?"

그렇게 한 장 더 넘겼을 때.

목차가 나왔다.

사실, 목차라고 하기도 애매했다.

그저 중앙에 낡은 글씨체로 '약력'이라고만 적혀 있었다.

책이 시작될 땐 없던 목차가.

책의 내용이 끝나고 나서야 시작된 것이다.

의아함에 갸우뚱하며 그 목차를 넘겼을 때.

난 확실히 알 수 있었다.

왜 목차의 이름이 '약력'이라고 한 것인지.

여기에서 말하는 약력은 간략하게 적은 이력이다.

그리고 목차 뒤에 나를 기다리고 있던 내용은 바로, 스승님의 링킹 속에서 본 것처럼 책에 고스란히 남겨진 수많은 링킹들이었다.

따라서 이 책은 위의 세계를 만드는 법은 고작 13페이지로 끝이지만, 나머지 페이지는 전부 이런 링킹으로 채워져 있다는 뜻이 된다.

하나의 링킹은 한 페이지 전부를 차지하고 있었다.

따라서 한 페이지당 링킹 하나.

그것을 초과할 순 없었던 것으로 보였다.

난 곧장 첫 번째 링킹을 확인했다.

과연 누구의 기억일까?

아니, 이 책의 존재는 위의 세계가 생기기 전이며, 비전력이란 명칭도 붙기 전이었는데도 링킹은 책에 버젓이 남아 있다.

과연 이 책에 있는 링킹이.

언제부터 시작된 것인지. 그것을 알 차례다.

첫 번째 링킹을 확인한 순간.

누군가가 미친 듯한 펜질로 무언가를 써 내려갔다.

이 책에 적힌 의문의 마법, 익스팬로스. 드디어 알아냈다.

그는 익스팬로스가 어떤 마법인지, 자신만 알 수 있도록 자신만의 노트에 꼼꼼하게 적는 중이다.

난 그 모습을 위에서 내려다보고 있었다.

'잠깐만, 이거…… 뭔가 이상해…….'

이것은 링킹이다.

링킹이 무엇인가?

자신의 기억 혹은 남의 기억을 엿보는 마법이다.

링킹을 통해서 마나를 주입하거나 하는 건 나만 그렇게 사용하도록 발전시킨 것이다.

게다가 이렇게 기록물에 입혀진 링킹은 남의 기억이 아닌, 이 링킹의 시전자의 기억을 담은 것.

그래서 시선이 시전자의 시선을 그대로 따라간다.

즉, 1인칭의 시점이어야 한다.

그런데 지금 내가 보는 링킹은 3인칭 시점이다.

이것은 한 가지 사실을 나타낸다.

지금 내가 보는 노트에 꼼꼼히 적는 저 의문의 마법사의 기억이 아닌, 저 당시에 자리에 있던 다른 누군가의 기억이란 뜻이다.

'그러고 보니 저 마법사…….'

심지어 머리카락 색이 갈색이다.

위에서 내려다보는 나의 시선이기에, 그의 머리는 보이지 않고 뒤통수만 보일 뿐이다.

여하튼, 갈색 머리카락을 가졌단 건 곧 대지 원소사.

링킹은 플레우드만이 사용할 수 있는 마법이니, 저 마법사의 기억이 아니란 뜻이다.

의문의 마법사는 신들린 메모를 계속 이어 나갔다.

그는 새로운 발견이 얼마나 기뻤는지, 연신 펜질을 하면서 '흐흐흐흐!' 하고 기쁨을 주체 못 한 기괴한 미소를 계속 흘렸다.

익스팬로스는 증식(Proliferation)과 팽창(Expansion)의 합성어였다. 즉, 이 마법이 가진 효과는 팽창과 증식. 보주화 속에 이 마법을 넣어 보주화 자체가 다른 힘을 흡수하여 스스로 끝없이 팽창, 증식하는 것이었다.

나도 그 메모를 엿본 덕에 몰랐던 익스팬로스란 마법에 대해서 알게 되었다.

'그렇군……. 무슨 원리인지 알겠어.'

링킹은 이제 빠른 속도로 흘러, 그가 앉아 있던 책상은 온데간데없어지고.

황량한 들판이 나타났다.

그 중앙에 서 있는 갈색 머리의 마법사.

그는 갑자기 머리를 쥐어뜯으며 무릎을 꿇고 앉았다.

-어째서…… 이론은 완벽한데 되지 않는 거야……. 이유가 뭐야……!

그의 위에는 대지 원소의 보주화가 떠 있었는데, 그 속에 형체를 제대로 알 수 없는 마법이 발동 중이란 것만 보였다.

그 마법이 아마 익스팬로스라고 지레짐작할 뿐이다.

이번에도 내 시선은 3인칭으로, 그 마법사를 뒤에서 지켜보고 있는 중이다.

하지만 결국, 이 마법사는 위의 세계를 만들지 못하고 계속 자책만 하면서, 첫 번째 링킹은 끝이 났다.

"……플레우드인 스승님도 할 수 없었던 위의 세계 만들기. 그렇다는 뜻은……."

처음 봤던 그 마법사 역시, 비전력 사용자가 아니었다는 결론을 낼 수 있었다.

하지만 확실한 것은.

그 남자는 이 책을 습득한 초대 습득자.

그렇기에 '약력' 목차의 첫 부분에 그 남자의 기억이 시작인 것이 아닐까?

그런데 당시 저 자리에는 이 마법사만 있었던 게 아닌 게 분명하다.

링킹의 시점이 1인칭이 아닌 3인칭이었으니까.

그러나 링킹 속 고대의 마법사는 그런 사실을 모르는 듯이 행동했다.

난 바로 다음 장의 링킹을 살폈다.

이번엔 붉은색 장발을 가진 여성 마법사다.

이번에도 역시, 1인칭 시점이 아닌 3인칭 시점.

게다가 내 시선은 늘 한결같았다.

위에서 내려다보든지, 아니면 뒤에서 훔쳐보는 형태의 시점이다.

여성 마법사는 책의 표지부터 이리저리 살피고, 선 채로 책을 읽기 시작했다.

—뭐야? 이렇게 귀한 책이 왜 갑자기 하늘에서 뚝 떨어졌대? 이거…… 마법 세계에선 아무도 모르는 마법이 담긴 책이잖아?

그녀는 책을 읽자마자 보통 책이 아니란 걸 알아차리고, 계속 읽어 나갔다.

그런데 난 여기에서 걸리는 부분이 있다.

스승님은 저 책을 찾기 위해 인생 대부분을 투자해, 겨우 찾았는데.

지금 두 번째 링킹 속에 있는 저 여성 마법사는 그저 혼자 한가롭게 숲길을 걷다가 정말 그녀의 말대로 하늘에서 책이 뚝 떨어졌던 거니까.

도대체 이 책의 정체가 무엇일까.

누구는 시간을 한없이 들여서 겨우 찾고, 누구는 그저 운 좋게 손에 넣을 수 있게 되고…….

게다가 그렇게 귀한 마법이 적힌 책인데, 하늘에서 뚝 떨어졌다는 것도 이해가 되지 않았다.

그녀는 책을 쭉 읽다가 '약력' 부분에 도달하게 되었고, 그대로 링킹까지도 확인하고 나서였다.

—오호……? 익스팬로스란 게 그런 마법이야? 그것만 익히면 위의 세계를 만들 수 있다, 이거지? 그런데…… 이 안에 있는 늙은 마법사는 누구지? 책에 입혀진 이 마법은 또 뭐야? 꼭 보니까 남의 기억을 담은 마법 같은데.

그녀는 단일 원소사였기에 링킹이란 마법을 제대로 모르는 듯했다.

아니면 책이 오래된 만큼, 링킹 속 여성 마법사도 고대의 마법사이기에 링킹이란 마법이 알려지지 않았을 가능성도 크다.

—뭐, 상관없나? 내가 신경 쓸 부분은 그런 게 아니니까.

그녀는 책을 덮고, 하늘을 올려다보며 중얼거렸다.

—저 하늘에 생기는 나만의 세상…… 내가 대마법사가 될 운명이란 건가?

그녀는 그 뒤로 곧장 책에 몰두했고, 바로 마법을 연습하였다.

하지만 첫 번째 링킹과 똑같이.

그녀는 자신만의 세계를 만들 수 없었다.

링킹의 시간은 다시 빠르게 흘러, 그녀는 첫 번째 링킹에서 보였던 마법사와 똑같이 처량한 모습으로 바닥에 주저앉은 채였다.

-왜…… 안 되는데……. 이론대로 그대로 했잖아……?

원망스럽게 하늘을 올려다보며, 두 번째 링킹도 끝이 났다.

"……."

책을 살피면 살필수록, 뭐라 설명할 수 없는 답답함이 생겨났다.

이 책을 접한 자들은 전부 처음엔 각자의 목표와 꿈을 위해 달려 나갔는데.

정작 그 끝은 아무것도 없는 막다른 길, 혹은 절벽을 느끼고 좌절하는 모습이었으니까.

꼭, 시작은 창대하였지만 끝은 암담한 모습을 보는 느낌이다.

그리고 이번에도 역시 두 번째 링킹 속 여성 마법사는 불 원소 단일 원소사인데도 링킹의 기록이 존재했다.

역시, 시선은 3인칭 시선으로.

즉, 저 여자의 기억이 아닌 저 여자를 몰래 지켜봤던 누군가의 기억이란 뜻이 된다.

"도대체 어떻게 되어 가는 거야……?"

이제 그렇게 쭉 링킹들을 훑던 도중.

드디어 우리가 살았던 두 개의 위의 세계가 탄생하게 된 계기를 담은 링킹이 시작되었다.

링킹 속 배경은 검사들이 가진 의회같이, 마법사 전부가 모일 수 있는 넓은 장소다.

이곳에 모인 마법사의 수는 정확히 스물네 명.

이번 링킹 역시 1인칭이 아닌, 3인칭 시점이다.

그런데 모인 마법사들이 앉아 있는 형태가 특이했다.

우리가 주로 모이는 검사 의회처럼 전부가 옹기종기 모여 있는 것이 아닌, 중간에 보이지 않는 결계라도 있는 듯이 스물네 명이 서로 정확히 반인 열두 명씩 쪼개져서 서로 마주 보고 있는 형태였다.

게다가 스물네 명 전부 나와 같은 색을 가진 것을 보고 알 수 있었다.

이들 스물네 명은 전부 플레우드란 것을.

각자 상석에 앉은 마법사 중 하나가 먼저 말을 꺼냈다.

—좀처럼 결판이 나지 않는데, 이렇게 하는 게 어떤가?

그가 말하자, 서로를 나눈 중앙에 책이 하나 떠올랐다.

바로 내가 읽고 있는 칼리토란 이름이 적힌 그 책이다.

—어차피 이건 우리 전부가 같이 찾아낸 것이지만, 우리는 서로 목적이 다르지 않나?

—그렇지.

맞은편에 선 마법사가 답했다.

이로써 눈치껏 알 수 있었는데, 지금 마법사들은 두 세력으로 나뉘었고, 상석에 앉은 마법사들이 그 세력을 대표하는 자들이었다.

—그러니까 이렇게 하자고. 여기 책에 나와 있는 별도의 세상을 만드는 법, 그걸 이용해 각자의 세상을 만든다.

—그러곤?

—뻔하지. 여기 책에 나와 있잖아. 세상의 주인이 사라지면, 기존에 남은 세상의 주인이 나머지 세상까지 자신의 것

으로 만들 수 있다고.

-마력 줄다리기를 별도의 세상을 통해서 하자는 건가?

-그렇다.

요지는 이랬다.

서로 목적이 다르니, 공생할 수 없다.

그러니 어느 한쪽이 사라지자.

단, 서로의 수장이 별도의 세상인 위의 세계를 만들고 그 속에 들어가 줄다리기를 한 뒤에 승자만이 남자는, 꽤 파격적인 조건의 제안이었다.

그러나 제안을 받은 쪽에서도 꽤 흥미로운 표정을 지었다.

-그렇게 되면 결과를 승복할 수밖에 없겠군. 어차피 지는 쪽은 자연스럽게 사라지니까.

-그래서 이 제안을 한 거다.

-좋다, 그럼 각자 바로 준비하지.

그들만의 협상은 끝이 났고, 링킹 속의 시간은 다시 훌쩍 흘렀다.

그리고 그들은 여태 내가 본 링킹과는 달리 별도의 세상을 만드는 데 성공했다.

그것이 바로 검사와 마법사가 서로 단절되어 살았던, 두 개의 위의 세계였던 것이다.

그들이 가진 목적이 뭔지는 모른다.

그렇기에 그들이 어떤 목적이 달라서 서로 싸우게 된 것이고, 이런 목숨을 걸고 하는 마력 줄다리기까지 하게 된 것인지.

미래의 사람인 난 알 리가 없다.

이 링킹을 통해서 난 위의 세계가 어떻게 만들어진 것인지 확실히 알게 되었다.

탄생한 계기는 이미 두 세력의 협상을 통해서 알게 되었지만 결정적으로 탄생한 과정, 그것은 몰랐는데, 지금 링킹을 보고 알 수 있었다.

두 세력의 수장은 전부 비전력을 사용할 수 있는 마법사들이었다.

그리고 위의 세계를 만드는 핵심적인 마법, '익스팬로스'를 갖은 연구 끝에 어떻게 활용해야 하는지 알아낸 것이다.

익스팬로스는 자아를 가진 마법처럼, 독식하는 성격의 마법이다.

즉, 세력의 수장이 익스팬로스를 집어넣은 비전력의 플레우드 보주화를 구현하면, 그들의 하수인들이 그 안에 자신들이 가진 마력을 집어넣는 형식이다.

내가 링킹을 통해서 남에게 마나를 주입하는 것을 완전히 반대로 활용하는 고대의 마법사들이었다.

익스팬로스는 다른 마법을 집어삼키고, 제 몸집을 불리는 마법.

시전자가 아닌 다른 사람의 마법까지도 전부 집어삼키면서, 보주화는 점점 거대하게 변했다.

처음엔 눈에 훤히 보이는 크기의 보주화였지만 그들의 하수인이 온 힘을 쏟아 내어 마력을 주입하니, 그 보주화는 점점 커지면서 이내 배경 그 자체가 보주화로 변하는 것처럼 눈으로 가늠할 수 없을 정도로 커졌다.

그렇게 두 개의 위의 세계가 탄생하게 되었다.

-가자, 사제들이여. 우리의 이념을 지키기 위한 전장으로.

위의 세계가 만들어지자마자, 수장은 하수인들을 데리고 새로운 세상, 위의 세계로 향했다.

내 시선까지 그들을 따라가는 게 아니다.

난 여전히 밑의 세계에서 하늘을 올려다보는 시선으로, 두 개의 위의 세계가 서로 부딪치며 싸우는 것을 지켜보는 중이다.

어느 한쪽의 위의 세계가 점점 우세하기 시작했다.

위태롭게 맞서던 다른 쪽의 위의 세계는 점점 그 크기가 작아지더니, 이내 완전히 먹히고 말았다.

그리고 승자가 된 위의 세계의 주인은 하수인들과 함께 내려오며 기쁨의 축제를 벌였다.

하지만 그들의 축제는 하루 만에 끝났고, 그들은 새로운 문제를 두고 고민하기 시작했다.

―이념 싸움은 승리로 끝났지만…… 이대로 가만히 있는 것이 옳은 것일까요? 우리와 싸웠던 그들의 후손은 여전히 남아 있습니다. 그렇다고 제거하기엔 너무나도 어린 씨앗들인데…… 반대로 남겨 두자니 그들이 성장하며 후에 우리를 향한 복수의 마음을 다질 것이 두렵습니다.

―흐음…….

그들이 머리를 맞댄 긴 고민 끝에.

그들의 수장은 하나의 결론을 내릴 수 있었다.

―이왕 만든 세계를 활용하는 게 어떤가?

―어떤 식으로 말입니까?

수장의 제안에, 하수인들은 기대하며 되물었다.

세상을 활용하는 법

그들의 수장은 연설을 하듯, 설명했다.

-우리가 만든 세상에 교육기관을 새로이 설립하자. 이왕 만든 세상, 활용하자는 거지.

-……교육기관이요?

-그래, 세상도 만든 우리인데, 그깟 시설물 하나 만드는 게 그리 어렵겠는가?

-어렵고 자시고의 문제가 아니라, 저희가 궁금한 것은…… 그 목적과 용도입니다. 어떤 생각으로 그런 결론을 내리신 것입니까?

나도 궁금했다.

그들과 맞서 싸웠던 세력의 후손들을 어떻게 할지 고민하다가 갑자기 교육기관 얘기가 나오다니.

어리둥절했다.

—그들의 후손들. 네가 말한 대로 그들의 후손이란 이유로 세상에서 없애기엔 가엽고 어린 새싹들이지. 하나, 그들이 누군가의 지도 없이 혼자 성장하게 된다면. 분명 우릴 향해 공격할 존재라는 것도 변함없지.

적어도, 이번 이념 싸움에서 승리한 세력은 모르긴 몰라도 그렇게 냉철한 세력은 아닌 것 같았다.

그렇지 않고서야 저런 포근한 말을 할 이유가 없다고 생각했으니까.

—우리가 왜 그들과 맞서 싸웠지? 이념이 달라서였잖나. 우린 마법을 공적인 목적을 위해 사용하도록 정했지만, 그들은 달랐지. 우린 불을 살 돈도 없는 가난한 평민들의 집을 찾아가서 불을 무상으로 붙여 주었어. 그러나 그들은 오히려 판매를 하고, 평민들을 지배하려 했지. 게다가 무상으로 불을 제공한 마법사를 습격하기도 했고.

"……"

여기까지만 듣고도 그들이 목숨까지 걸게 된 이념 싸움이 무엇이었는지 알게 되었다.

이들의 이념 싸움은 위의 세계가 생기기도 전의 시대.

이들의 대화로 추측하건대, 아직 검사란 새로운 세력이 생기기 전으로 보였다.

게다가 저 시대엔 평민이 불, 물 등을 마법사에게서 돈을 주고 사 오는 관습이 있던 것은 확실했다.

마법을 공적인 목적으로만 사용하기 위해 그런 평민들의 집을 돌아다니며, 불을 붙여 주고 심지어는 자신의 불로 직접 요리를 해 주는 등등 지금 시대에선 상상하기 힘든 마법사들의 삶이었다.

이들의 이념 싸움은 결론적으로 이랬다.

마법을 공적인 목적을 위해, 즉 평민을 돕기 위해 사용하는 이념과 평민과 같은 하등한 존재를 지배하며 우리를 위해 고귀한 마법을 사용해야 한다는 이념이 충돌한 것이다.

하지만 역시 평민들에게 지대한 지지를 받은 건 평민을 위해 마법을 사용했던 세력이었다.

—물 원소사는 물이 떨어진 집을 찾아가 물을 채워 주었고. 대지 원소사는 아이들이 뛰놀 수 있는 공터를 만들어 주었지. 그리고 빛 원소사는 가난한 집의 전구를 책임졌고, 어

둠 원소사는 아이들이 잠을 잘 수 있도록 방을 더욱 어둡게 해 주었지.

듣는 내내 감탄이 멈추지 않았다.

내가 다루는 모든 마법을…… 고대의 마법사들은 그렇게 활용했다니.

지금 우리네 시대의 마법이란, 상대를 해하는 마법밖에 없다.

우리의 선조와 달리 변해 버린 내 자신이 부끄럽게 여겨지는 순간이었다.

-우리가 세우는 교육기관은 그것부터 교육하는 거야. 마법을 알려 주고, 마법을 터득한 학생이 있다면 무조건 공적으로 사용할 수 있도록. 남을 해하는 마법이 아닌, 돕는 마법만을 구현하도록 말이야.

-…….

수장의 연설과 같은 설명에 하수인들은 하나둘씩 고개를 끄덕였다.

-그들은 지배와 억압을 원했어. 하지만 지배와 억압 뒤에 남는 것은 복수라는 이름의 피와 시체밖에 없지. 반면에 우

리가 선택한 화목 뒤에는 각자 신분이 달라도 어우를 수 있는 왁자지껄한 웃음소리가 남지. 우린 그 웃음소리를 듣기 위해 신념을 위해 싸웠고 당당히 승리하지 않았던가?

―옳습니다.

―신분은 결코 개인의 무기가 될 수 없어. 오히려 무게가 되어야 한다. 신분이 있는 자는 없는 자를 위한 방어막이자, 무기가 되어야 하지. 즉, 없는 자를 짊어져야 하는 무게만이 있는 법이야.

이 시대엔 마법사와 평민.

딱 그 두 종류만 있었고, 여기에서 말하는 신분이란 오직 마법사를 칭하는 말로 느껴졌다.

―그러니…… 내가 생각한 지도 방식대로라면 그들의 남은 후손도 우리의 지도를 받았으니 복수 따위는 잊지 않겠는가? 그것이 내 생각인데, 동의하는가 사제들이여?

수장의 물음에 하수인들은 한참이나 고민한 뒤에 하나둘씩 고개를 끄덕이기 시작했다.

―그것이 우리가 세운 이념을 지키면서도, 모두를 포용하는 방법 아니겠습니까? 탁월한 선택입니다!

그리고 그를 향한 극찬도 아끼지 않았다.

나도 듣는 내내 '과연…….'이라는 생각을 하게 됐다.

적의 후손이란 이유로 무참히 죽이지 않는다.

오히려 교육이라는 교화를 통해, 자신의 사람으로 만든다.

실로 대단한 현자라고 할 수 있었다.

그렇게 결론을 낸 그들은 곧장 위의 세계에 새로운 건축물을 짓기 시작했다.

건축물이 완성되었을 때, 난 건축물의 정체를 완벽히 알 수 있었다.

'……마법 학교. 설마, 그렇다면 저 남자가?'

링킹 속 그 남자가 바로 마법사의 마법 학교 초대 교장이었다.

마법사 모두가 모여 만든 학교.

정문에 수장과 그의 하수인들이 모였고, 수장은 그들에게 말했다.

—오늘부터 이 학교를 개교한다. 그리고 학교가 있는 이 세계는 하늘에 있으니 위의 세계, 우리가 본래 탄생했던 그 곳은 밑의 세계라고 명한다.

하수인들은 한쪽 무릎을 꿇으며, 그의 말을 경청했다.

그렇게 하수인 전부는 마법 학교의 교사, 교수가 되어 학

생들을 가르치기 시작했다.

학기 중엔 위의 세계 마법 학교에서 생활하고.

방학이 되면 밑의 세계로 내려가는 방식.

바로 저 학교가 탄생하면서 새롭게 정의된 교육 방식이었다.

일부러 부모의 품을 떠나게 한 의도도 난 알 수 있었다.

그들이 주로 받았던 학생은 그들과 싸웠던 반대 세력의 후손들이었고.

그들의 부모와 일부러 떨어트려, 혹시라도 부모에게 잘못된 사상을 주입받을 수 있어서 사전에 차단한 것이었다.

가정보다 학교에서 보내는 시간이 더욱 기니까 설령 사상을 주입한다고 해도 효과가 미미할 것이라고 판단한 모양이다.

학교는 평화롭게 운영되었다.

이 학교를 처음 세운 남자는 젊었는데, 그가 늙을 정도로 상당한 시간이 흘렀다.

비상 회의가 소집되었다.

이제는 교장이 된 세력의 수장.

그리고 교사와 교수가 된 하수인들.

그들만의 교직 회의였다.

−교장 선생님, 학생들 중에 유독 또래에 비해 키가 크고,

달리는 것을 좋아하며 몸집도 큰 학생들이 적지 않은 수로 나타나는데요……. 그런 학생들은 하나같이 마법에 재능이 아예 없습니다.

—흐음, 마법을 사용 못 하는 대신 다른 쪽으로 재능이 있는 건가? 그런데 이유가 뭐지?

—저희는 신분에 상관없는 혼인 관계도 허락하지 않았습니까? 그들의 공통점은 마법사와 평민 부부에서 나온 자식들이었습니다.

지금 시대에선 상상할 수 없는 마법사와 평민의 혼인.

그러나 이 시대에선 오히려 당연한 걸 넘어 사회가 조금은 강제적으로 유도한 것으로 보였다.

'혹시 저게……?'

한 가지 의심 가는 게 있었다.

—흥미로운 아이들이군. 유심히 관찰하자고. 이 아이들에게 맞는 것이 과연 무엇인지 말이야.

다시 오랜 기간 새로운 유형의 아이들에 대한 관찰이 이어졌고, 마법 학교 교사진은 그 아이들의 특징을 파악할 수 있었다.

바로 지팡이나 제 키만 한 나뭇가지처럼 긴 물체를 휘두르

는 것을 좋아했다는 것.

즉, 검사라는 새로운 신분이 탄생한 순간이다.

다시 교직 회의가 열렸고, 초대 교장이 말했다.

―애석하게도, 이 아이들의 교육 환경이 우리가 있는 위의 세계와는 맞지 않아. 그래서 말인데…….

그는 이제 금방이라도 쓰러질 것 같은 노인이 되어 목소리에도 쇳소리가 가득하며 힘이 없었다.

―다시 옛 이름을 불러야겠군. 사제들이여, 나를 한 번만 더 주와 줄 수 있겠나?

―교장 선생님, 그 뜻은……?

―저 아이들의 환경에 맞는 세상. 우리 힘으로 하나만 더 만들자꾸나.

교사진도 초대 교장만큼이나 늙은 마법사들이었다.

하지만 그들은 온화한 미소를 띠며 답했다.

―지금 저희 상태로 새로운 세상을 만들면, 그 끝은 어떻게 될지 뻔히 아시죠?

―홀홀홀, 물론이지. 그러니 다들 시간을 넉넉히 줄 테니

후임자들을 정해. 나도 정할 테니까.

그들은 자신의 몸 상태를 이미 알고 있었다.

이 상태에서 위의 세계를 하나 더 만들면 마력이 다해 죽는다.

하지만 그들은 죽음을 두려워하지 않았고, 한마디만 남겼다.

—죽기 직전에 뜻깊은 일을 또 행할 수 있다니. 전부 교장 선생님, 당신을 따랐기에 가능한 일 아닙니까? 감사합니다, 이런 보람을 느끼게 해 주셔서.

—아닐세. 그대들이 나를 믿어 준 것이 고맙지. 그럼…… 다들 후임자를 정해서 다시 모이자꾸나.

그렇게 그들은 후임자를 정하고, 다시 밑의 세계에 모였다.

특히 초대 교장, 그는 2대 교장을 지목했는데, 생긴 것만 봐도 그가 초대 교장의 자손이란 것쯤은 쉽게 알 수 있었다.

—사제들이여, 내 자식을 후계자로 점지했다고 불만 갖지 말아 주게나. 세상이 아직 혼란스러우니, 나를 대신하여 질서를 정립해 줄 후임자가 필요했기에 어쩔 수 없이 내린 선

택이야.

－하하, 기우이십니다. 오히려 지당한 선택을 하셔서 기쁩니다.

－고맙네.

그들은 모여서 새로운 위의 세계를 만들기 전.

마법 학교 지하에 있는 보관소에 모였다.

초대 교장의 늙은 현재 모습을 담은 초상화.

그리고 새로이 대를 이어받은 2대 교장의 초상화.

2대 교장이 두 초상화를 직접 지하실 보관소의 벽에 걸면서 임명식이 끝이 났다.

－가자, 사제들이여. 플레우드 그 자체가 되러.

초대 교장과 초대 교사진은 다른 곳으로 향했다.

그들이 모인 곳은 밑의 세계의 공터.

그곳에서 새로운 위의 세계를 만들었다.

두 번째 위의 세계가 탄생한 순간.

마력을 다한 그들은 산화하였고 형체도 없이 사라졌다.

마치, 신물이 사라지는 것처럼.

초대 교장이 말한 '플레우드 그 자체가 되러.'란 말.

플레우드는 투명한 성격이다.

그리고 유(有)를 무(無)로 돌리기도 한다.

그들 전부 플레우드였으니 우리가 가진 원소의 성격을 그대로 따라가자는, 멋진 뜻이었다.

'초대 교장 선생님…… 상당히 멋진 분이었구나.'

스승님보다도 멋지다고 생각됐다.

그리고 새롭게 2대 교장이 된 마법사가 바로, 검사들이 가진 검사 의회에 검을 꽂아서 포털을 여는 방법으로 개조해준 사람이다.

검사들은 마법을 사용할 수 없으니 물리적으로 작동하도록 개조한 사람이다.

그리고 그가 교장 생활을 하면서 '소환사'라는 새로운 유형의 마법사도 발견하고 그들을 위해 어떤 지도를 할지에 대해서도 고민했다.

하지만 그가 내린 결론을, 난 볼 수 없었다.

바로 이 책이 2대 교장이 되고 얼마 지나지 않아서 스스로 사라지면서 링킹이 거기에서 끝이 났기 때문이다.

"마법사들의 선조분들은…… 정말 멋지신 사람들이었군."

누구 하나만 특출 나게 잘난 게 아닌, 모두가 힘을 합쳤기에 가능했던 결과물인 두 개의 위의 세계.

그러나 난 그러면서도 가슴이 먹먹했다.

그런 선조들이 세운 세상이었는데, 어째서 마법 사회는 어느 순간 변질되어 소환사를 차별하고 검사들과 싸우게 된 것일까?

알 수 없지만, 짐작 가는 것이 있었다.

바로 그들과 싸웠던 세력의 후손을 거뒀다는 점.

그 후손들 중에서도 교화되지 않고 복수의 칼날을 갈았던 마법사가 분명히 존재했을 것이다.

그런 마법사가 선대 마법사 중 하나가 되면서 마법 사회가 이상해진 것이라고 짐작할 수 있었다.

나는 마침내 마지막 링킹을 살폈다.

'……스승님.'

그곳엔 스승님이 계셨다.

'약력'의 마지막 장에 있는 스승님의 모습을 담은 링킹.

링킹 속 스승님은 상당히 젊었다.

내가 알던 스승님의 마지막 모습과는 상당히 거리가 있어, 낯선 모습이었다.

그리고 이번에도 스승님의 1인칭 시점이 아닌 뒤에서 훔쳐보는 형태의 시점이다.

스승님은 특별한 행동을 하지 않았다.

그저 같은 자리에서 이 책을 계속 읽으셨다.

주위에 아무도 없는 것으로 보아, 저 당시는 내가 제자가 되기 전인 것 같았다.

'저 책을 찾으신 다음에…… 나를 제자로 들이셨다고 하셨지.'

이 책에 담긴 링킹의 시작 시점은 새로운 습득자가 생긴 기준이다.

스승님은 제자인 아스트랄이 사일러드가 된 이후, 그를 제압하기 위해 전설로 떠돌던 이 책을 찾기 시작했고.

어렵게 이 책을 찾을 수 있었다.

그렇기에 책에 담긴 스승님의 링킹이 젊은 모습으로 시작된 것이다.

스승님의 모습을 담은 링킹에 특별한 건 없었다.

그저 읽었던 부분을 또 읽고, 이따금 보주화를 구현하며 위의 세계를 만드는 것을 연습하셨다.

그러면서 머리도 풍성했던 스승님은, 어느새 내가 아는 모습인, 정수리 부분만 벗겨진 늙은 할아버지가 되었다.

스승님의 링킹은 그것으로 끝이었다.

특별할 것 없이.

스승님도 결국엔 위의 세계를 만들지 못하셨다.

이건 내가 이미 알고 있는 사실이기에, 그다지 놀랍지 않았다.

다만, 이 책을 습득하시고 어떤 노력을 하셨는지 직접 볼 수 있었기에 좋았다.

⁂

'약력'에 있는 모든 링킹을 확인한 뒤, 난 곧장 모브를 현상화하고 조각사와 가렌트를 소집했다.

-전부 의회로 모여. 대대적으로 전할 게 있어.

위의 세계를 어떻게 만드는지 이미 내 눈으로 확인하지 않았던가?

바로 초대 교장 선생님이 채택한 그 방법.

비전력의 보주화를 구현하고, 그 속에 익스팬로스를 집어넣은 상태로 다른 마법사들이 자신이 가진 마력을 보주화에 주입한다.

그렇게 탄생한 두 개의 위의 세계.

난 고대의 마법사가 걸었던 그 길을 따라서 걷기로 결심했다.

'나만의 위의 세계만 완성되면, 기존에 있는 두 개의 위의 세계도 내 것이 된다.'

그 말인즉슨, 내가 위의 세계 하나만 더 만들면, 세 개의 위의 세계가 내 것이 된다는 뜻이었다.

본래 위의 세계는 보주화의 성격을 따라가기에 내가 마음만 먹으면 플레우드를 제외한 원소사들은 마법을 사용할 수 없다.
하지만 처음 위의 세계를 만든 초대 교장 선생님은 그런 방법을 사용하지 않았다.
오히려 새로운 세상이 생겼으니, 그것을 십분 활용하고자 했다.
나도 그의 정신을 이어받아 그대로 할 생각이었다.

에이머가 탈출한 본교.
사일러드는 아직도 1층 복도에 그대로 있었다.
그는 에이머가 사라진 곳을 멍하니 바라봤다.
황량함과 무기력감.
얼마나 오랜만에 느껴 보는 감정인지 모른다.
아마 그가 마지막으로 이 감정을 느꼈을 때가 아스트랄이란 이름으로 살았을 때이며, 더 정확히는 가주 심사에서 불합격했을 때였을 것이다.
그가 바라보는 그곳이, 에이머가 포털을 타고 사라진 장소였다.
"무슨 수작을 벌였을까, 아르키스 에이머."
어째서 놈이 자유롭게 포털을 열고 닫는 건지, 알 수 없었다.

하지만 하나 확실한 것은 에이머만이 현재 포털을 자유롭게 컨트롤할 수 있다는 것.

따라서 그를 놓친 지금, 다시 그가 오기를 가만히 기다려야만 했다.

솔직히 조금 두려운 기분도 들었다.

에이머는 스승과 만나고 온 것이 확실하며 자신의 과거도 잘 알고 있는 상태.

그리고 그런 스승에게 무언가를 받았다.

틀림없이 그것은 에이머를 한층 더 강하게 할 무기라는 것은 눈치껏 알 수 있었다.

"이래 가지곤……."

사일러드는 분한 듯이 주먹을 꽉 쥐었다.

바로 대검사 가렌트를 공격했을 때의 일이 떠올랐다.

검술이란 것이, 마법사에게도 강해질 수 있는 하나의 요소인 걸 알아차린 그는 곧장 가렌트가 가진 힘을 흡수하기 위해 맹렬한 소환체 물량 공세를 퍼부었다.

바로 학생 모습을 한 신물들의 한쪽 팔을 전부 늑대의 머리로 바꾼 것.

제대로 물고만 있다면 사일러드는 그 늑대의 머리를 통해 가렌트가 가진 힘을 흡수할 수 있었기에, 무리하게 공격을 시도한 것이었다.

그렇게 겨우, 어렵게 성공했지만.

사일러드가 흡수를 시작도 전에 훼방 놓은 방해꾼 하나가 있었으니, 바로 아르키스 에이머.

분명히 보관소에서 사라졌던 녀석인데, 기다렸다는 듯이 하필이면 그때 나타나면서 늑대의 머리를 없애 버렸다.

따라서 사일러드가 충분한 힘을 흡수하지 못한 채로 끝이나 버린 것이다.

"……이래 가지곤 허기를 달래겠다고 물만 마신 꼴이잖아."

가렌트의 힘을 아예 흡수도 하지 못한 상태였다.

그리고 배가 고플 때 물만 마신다고 그 허기가 사라질까.

아주 잠깐은 사라질지 모르겠지만, 몇 초만 지나더라도 더욱 심한 허기가 찾아와 괴롭힌다.

지금 사일러드의 상태가 딱 그랬다.

"천하의 내가…… 놈이 오길 얌전하게 기다려야 한다고?"

분명히 아르키스 에이머는 자신보다 한참이나 아래에 있던 녀석이었는데.

1년도 안 된 시간이 흘렀을 뿐인데, 점점 거대해지고 있는 녀석이 원망스러웠다.

"넌 도대체 무슨 재능을 타고난 거냐?"

사일러드는 이제 고민되기 시작했다.

새롭게 터득한 소환 마법.

이것을 지금 밑의 세계로 흘려보내서 초토화를 만들어야 하는가?

아르키스 에이머에게 비장의 무기를 들키는 게 싫어, 일부러 보여 주지 않은 그 새로운 유형의 마법을 지금 꺼내야 할지, 말아야 할지의 고민이다.

하지만 이내 그는 고개를 저었다.

"……아니야. 이걸 꺼낸다고 해도 초토화로 만들 수 있단 확신도 없어."

자신이 새롭게 발견한 마법이지만, 역시 성능의 검증이 되지 않았다.

따라서 사일러드는 분하지만, 기다리는 수밖에 없었다.

"아르키스 에이머, 언제 나타나나 보자. 나도 놀고만 있진 않을 거니까."

사일러드는 주어진 시간을 활용하자고 마음먹었다.

그 활용이란 바로, 새롭게 터득한 마법을 날카롭게 제련하는 것이다.

"네가 믿는 것이 있듯이, 나한테도 그런 게 있거든."

사일러드는 다시 꼭대기로 돌아갔다.

검사 의회에 전부 모인 조각사와 가렌트.

"뭐야? 이번엔 왜 검사들만 쏙 빼고 불렀어? 실수한 거야? 지금이라도 불러올까?"

검사라곤 자신밖에 없는 것을 보고 내게 물었다.

조각사 중에서도 주요 인원만 모인 게 아닌, 학생 신분이었던 조각사 전체가 모였는데 왜 검사는 없냐는 질문이다.

"아니, 일부러 그런 거야."

"……왜?"

"그게, 오해하지 말고 들어. 검사들이 들어도 도움이 안 돼서야."

"무슨 뜻일까, 그게?"

내 걱정과 달리 가렌트는 기분 나쁜 내색을 하지 않았다.

오히려 더욱 궁금하단 표정이 노골적으로 보였다.

"음, 역시 말로 설명하는 것보다 이쪽이 훨씬 빠르겠지?"

난 의회 천장에 플레우드 보주화를 띄워 놓고, 사람 수만큼 줄기를 뺐다.

줄기는 앉아 있는 사람들의 머리에 꽂혔다.

"이거 때문이니까, 감상하도록."

링킹을 통해서 보여 주는 거다.

내가 이번에 보여 주는 링킹은 바로 스승님에게 받은 책—제목이 없으니 '칼리토 책'이라고 부르기로 했다—에서 봤던 링킹.

바로 두 개의 위의 세계가 탄생한 과정이다.

“어어…….”

링킹이 끝난 뒤, 조각사와 가렌트의 표정은 하나같이 똑같았다.

우리들이 서로를 단절하고 미워하며 살던 그 세상이, 정작 그 세상을 만든 사람들은 모두를 포용하기 위해 만들었단 것에서 온 충격이다.

그리고 각자 스스로를 반성하는 눈초리도 느껴졌다.

“두 개의 위의 세계가 그렇게 탄생하게 됐다니…… 정말 생각도 못 했네요…….”

그중에서도 바이스가 말했다.

그리고 유독 가렌트는 표정이 좋지 않았다.

“자, 여기까지 봤으니 이제 내가 할 다음 말이 뭔지 알 거라고 생각하는데.”

“설마, 아르키스 님…….”

딱 거기까지만 말했을 뿐인데, 이번엔 델세르가 뭔가 눈치를 챘는지 먼저 물었다.

“응, 왜?”

“위의 세계를 만드시겠단 거죠? 저희한테 보여 준 방식 그대로를 재현해서.”

그녀의 질문에 나도 모르게 피식 웃음이 났다.

"델세르, 에드 분교 시절부터 나랑 붙어 있어서 그런가, 가렌트보다 빨리 알아차리네?"

정작 가렌트는 아직도 심란한 표정을 계속 짓고 있었다.

'왜 저래……?'

내심 그런 가렌트가 걱정되기도 했지만 지금은 중요한 게 아니지 않던가.

애써 외면하고 델세르와 대화를 이었다.

"네가 맞게 봤다. 그래서 이번에 검사들만 빼고 조각사랑 가렌트만 부른 이유야."

"혹시 그럼…… 저희의 마력을 빌려 달라는 말씀?"

"정답."

내 답에 조각사들은 일동 어리둥절한 모습이다.

심지어 2기 조각사들은 술렁술렁하는 모습까지 보였다.

"왜? 싫어?"

내가 2기 조각사들에게 넌지시 묻자, 그들은 고개를 격하게 흔들며 답했다.

"아니요! 싫을 리가 있습니까! 그냥 신기해서 그러죠!"

"……뭐가 신기해?"

"저희는 늘 아르키스 님한테 도움을 받기만 했는데, 저희가 뭔가를 도울 수 있다는 게 신기해서요!"

"나 참……."

늘 느끼는 거지만 신세대인 2기 조각사들이랑 대화하고

있노라면, 정말 내가 옛사람이라는 게 느껴진다.

생각하는 방식이 나랑은 달라도 너무 다르니까.

정말 같은 마법사가 맞을까 하는 신기함도 느껴졌다.

“너희들도 봐서 알지만, 나 혼자 힘으로 만드는 건 조금 어려워 보여. 그래서 고대의 마법사. 우리의 선조분들이 했던 방법을 고스란히 따라 하려고 해. 도와줄 수 있지?”

“물론이죠!”

2기 조각사는 약속한 듯이, 동시에 같은 답을 내놨다.

“그런데 아르키스 님.”

이번엔 델세르가 뭔가 궁금한 모양이다.

“왜?”

“위의 세계를 만드는 시기가 언제인데요? 혹시 지금 바로 시작할 건가요?”

“으음…….”

그 질문에는 답할 수 없었다.

현재 내 비전력은 전생과 비교하면 80% 수준.

지금으로도 사일러드를 상대하기엔 충분할 것 같지만, 그래도 불안 요소가 있는 건 사실이다.

전생과 달리 이젠 검술이라는 새 무기가 생겨서 충분히 부족한 20%를 채우고도 남을 거라고 생각했지만…….

오늘 사일러드와 대면한 뒤로 그 생각이 조금 바뀌었기 때문이다.

이유는 나를 견제하러 온 사일러드.

그런데 그는 내가 알고 있는 것처럼 강한 모습을 보이지 않았다.

그사이 내가 훨씬 더 강해져서 그렇게 느낀 게 아니냐?

이런 질문이 나올 수 있지만 난 그건 지나친 억측이라고 생각한다.

왜냐, 사일러드는 분명히 무언가를 숨기고 있다고 느껴졌기 때문이다.

내가 비전력 마검으로 포털의 입구를 막을 때.

사일러드의 마법을 방어하면서 느낀 게 있었다.

그의 마법은 속에서 뭔가 증폭하는 것이 있는데, 마법의 주인인 사일러드가 그것을 억지로 억제하려는 느낌이 강했다.

'분명 사일러드도 뭔가 숨기는 게 있어. 델세르의 말도 맞다.'

당장 위의 세계를 만들려면 만들 수 있다.

하지만 난 불안 요소를 전부 없앤 뒤에 실행하고 싶었다.

왜냐.

이번 사일러드와의 전투는 다음이란 게 없으니까. 패배 혹은 승리.

결과는 둘 중 하나일 뿐이다. 에타르가 있을 때처럼 다음은 없다.

뜬금없게도

내가 타일런트와의 결판을 지으러 갈 때, 전혀 예상도 하지 못했던 사일러드가 깨어나면서 조각사의 반격은 실패로 끝났다.

정확히 말하면 반쪽짜리 성공인 셈이다.

목표였던 타일런트를 없애는 데는 성공했으나, 결정적으로 타일런트를 없앤 건 내가 아니라 한층 더 강해진 사일러드지 않았던가?

에타르도 빠르게 상황을 파악하고, 자신을 희생해 나를 살렸다.

그때 에타르가 내게 남겼던 말.

다음이 있다면 분명 승리할 거라는 믿음.

이제 그다음이 없다는 것이다.

다음이라는 건 한 번으로 끝이다.

두 번, 세 번 이어진다면 그것은 다음이 아닌 핑계에 지나지 않는다.

그렇기에 난 확실한 사일러드와의 확실한 담판을 원했기에, 확신을 가진 상태로 행하고 싶었다.

나와 가렌트 둘이 훈련한 시간은 어언 두 달.

바꿔 말하면 새로운 훈련 방식 덕분에 두 달 만에 전생의 비전력 80%까지 회복하는, 놀라운 성과를 보였다.

리프의 물약까지 더해진다면 몇 주 혹은 일주일 이내로 완전 회복할 수 있을 것으로 보였다.

"시기는 조금 미룬다. 내가 확실히 준비되었을 때, 그때 다시 모이자고."

다시 성급하게 움직여서 그르치지 않는다.

에타르도 그것을 원하고 자신을 희생한 게 아니니까.

그러니까 더욱더 확실하게, 불안 요소는 아예 멸종시킨다는 생각으로 임해야 했다.

"그런데 아르키스 님, 궁금한 게 있습니다. 위의 세계를 새로 만드는 것이...... 꼭 필요한 건가요?"

바이스가 물었다.

정작 내가 위의 세계가 탄생한 과정은 보여 줬으면서, 새로운 위의 세계가 있으면 어떤 효과를 가질 수 있는지는 설

명하지 않았었다.

"아, 그거? 위의 세계는 보주화의 최종 진화 형태야. 보주화의 성격을 그대로 가지고 있지. 따라서 플레우드 보주화로 만든 위의 세계에 사일러드를 끌어 들이면. 어떻게 될지 말 안 해도 알 것 같지 않아?"

바이스의 두 눈은 휘둥그렇게 변했다.

이는 여기에 모인 조각사 전부도 똑같다.

"사일러드에겐 그 세계에 있는 것 자체로 지옥이겠군요."

"그거 때문이야."

"그런데 사일러드를 끌어 들일 수 있는 방법이 있습니까? 포털도 셔먼을 이용해서만 열 수 있는데 말이죠."

바이스도 나와 같은 마음일 거다.

확실하게 일을 처리한다.

그 목표 하나만 생각하다 보니, 불안 요소들을 없애고 싶은 마음이었으리라.

"내 세상을 새롭게 만들면, 기존에 있던 두 개의 위의 세계의 통로를 내 마음대로 연결할 수 있어. 즉, 포털이 필요 없단 뜻이 되지."

"잠깐만!"

그러던 중, 가렌트가 다급하게 소리쳤다.

"깜짝이야. 왜 그래?"

"그럼…… 그놈은 이제 필요 없어지는 거잖아?"

서면을 말하는 거다.

"그렇지?"

"어떻게 할 건데? 갈아 마시고 싶은 그놈."

검사 사회를 풍비박산 낸 마법사.

그 앙금이 어찌 쉽게 사라질까.

게다가 가렌트의 후임 대검사까지 무참히 살해한 녀석 아니던가.

아마 가렌트에게 알아서 처리하라고 던져 주면, 악어 무리에 던져지는 생고기와 같은 꼴이 날 것은 분명했다.

하지만 난 그러고 싶지 않았다.

이유인즉슨, 칼리토 책에서 본 고대의 마법사들이 한 행동 때문이다.

그들과 싸웠던 반대 세력의 후손을 어떻게 처리할지 고민하다가 나온 결과물이 바로 마법 학교.

그들은 자신의 이념을 지키면서, 평화로운 방법을 택했다.

우리의 선조가 그런 현명한 사람인데, 복수에 눈이 멀어 선조의 뜻을 등지고 똑같이 잔인한 방법으로 되돌려주는 것은 선조에 대한 존중이 없다고 생각했기 때문이다.

"그건 솔직히 고민 중이야. 가렌트 너도 봐서 알겠지만, 우리의 선조분들은 너무 따뜻하고 멋진 사람들이라서. 난 그런 선조를 닮고 싶거든."

그래서 이것만큼은 강력하게 어필했다.

가렌트, 네가 당장 찢어 죽이고 싶어 하는 것 안다.

하지만 난 그렇게 놔둘 수는 없단 뜻이었다.

내 마음을 잘 알았는지, 가렌트는 고집부리지 않고 한마디만 뱉었다.

"같이 고민해 보자. 나는 물론, 검사들도 받아들일 수 있는 결정으로."

고마웠다, 자기 주장만 내세우지 않는 그의 모습이.

"그래. 이해해 줘서 고마워. 자, 그럼 이제 나랑 가렌트는 평소 하던 대로 할 거니까. 너희는 내가 호출하면 다시 오도록."

조각사들에게 한 말이다.

지금 내 상태로는 준비가 완전하지 않으니, 조금 기다려 달란 부탁이기도 했다.

"그런데 아르키스 님, 사일러드가 계속 가만히 있을까요?"

여전히 바이스의 걱정은 끝나지 않았다.

하지만 이번엔 난 분명하게 답할 수 있었다.

"응. 계속 가만히 있을 거야."

"……확신하시는 이유가?"

"본교에 침투했을 때. 놈과 만났어. 숨기는 무언가가 있어 보이더라고. 놈도 멍청한 마법사가 아니야. 그런 놈이 숨긴다는 건 뭐겠어?"

"……그가 믿을 수 있는 단 한 발의 비장의 무기?"

“그렇지. 그래서 꺼내고 싶지 않았던 거 같아. 적어도 난 그렇게 느꼈거든.”

“그럼 잠자코 기다리고 있을 거란 뜻인가요, 사일러드가?”

“응. 무조건 그럴 거야.”

오히려 탈출 직전에 사일러드를 만난 게 다행이라고 여겨질 정도다.

그를 직접 보고 나서야 그가 어떤 생각을 가졌는지 가늠할 수 있게 되었으니까.

“자, 회의는 이것으로 끝. 가렌트, 가자. 조각사 너희들도 놀고 있지 말고 시간은 얼마 되지 않겠지만, 각자 훈련들 열심히 해. 너희가 강한 마력을 집어넣을수록, 위의 세계는 빨리 완성되니까.”

“알겠습니다!”

특히 2기 조각사들이 씩씩하게 답했다.

비로소 자신들이 뭔가 도움 될 수 있는 걸 할 수 있다는 기쁨으로 보였다.

‘참…… 기특하다니까.’

내가 먼저 일어서며 가렌트와 함께 의회를 나섰다.

가렌트는 여전히 표정이 심란했다.

같이 투기장으로 향하는 길에, 내가 팔꿈치로 그의 팔을 툭 쳤다.

“왜?”

"표정이 아까부터 왜 그렇게 심각해? 셔면 어떻게 처리할 지, 그 고민을 하는 거야?"

"……아니, 그거 말고. 갑자기 궁금한 게 생겨서 그것 좀 생각하느라."

내 링킹을 보고 나서 계속 저 표정이다.

무엇이 이 녀석을 이렇게도 심각하게 만든 것일까.

"내 링킹 중에 널 심각하게 만들 만한 게 있었나……?"

"검사의 탄생 과정."

"……아."

검사는 마법사와 같이 존재한 시기가 마법사의 역사와 비교하자면, 상당히 짧다.

그리고 가렌트가 무엇 때문에 심각한 표정인지 알 수 있었다.

가렌트는 이어 말했다.

"마법사와 검사는 사실 같은 선조를 가지고 있는 거잖아."

"그렇지."

나도 그 부분은 링킹을 확인했을 당시 의외였다.

사실은 마법사와 평민 부부 사이에서 나온 마법에 재능이 없는 부류.

그것이 후에 검사가 된 것을 보고 충격에 조금은 멍한 기분이었으니까.

"그래서 문득 그런 생각이 들었어."

가렌트의 고민은 단순 그것 때문만은 아닌 것으로 보였다.

"어떤 고민?"

"내가 마법을 사용할 수 있는 게 말이야. 사실은 나만 특출 난 게 아니라…… 검사들 중에 나 같은 녀석이 분명히 존재할 수 있다는 거 아냐? 어쨌든 우리도 고대 마법사의 후손들이잖아."

"……."

그 순간, 말문이 막혔다.

충분히 일리 있는 말이었기 때문이다.

이 책을 손에 넣은 것처럼, 새로운 마법을 발견한 기분이다.

"대마법사인 너도 내가 어떻게 마법을 사용할 수 있게 되었는지 설명할 수 없었잖아. 그 이유가 우리의 선조들에게 있는 게 아니냐는 거지."

마법사와 검사.

그 링킹을 접하기 전엔 둘은 완전히 다른 부류인 줄 알았다.

하지만 그 책 덕분에 몰랐던 사실을 알게 되었고, 새로운 사실은 이제 새로운 가설을 낳게 된다.

지금 가렌트가 말하는 그 가설.

충분히 신빙성이 있다.

단순 신빙성에 지나지 않는 게 아닌, 오히려 그럴 확률이

높은 가설이다.

확실히, 가렌트가 마법사들처럼 오래 살 수 있는 이유를 설명하라면 딱 하나밖에 없다.

마법사들은 가진 마력에 비례해 수명이 정해진다.

즉, 가렌트가 가진 마력도 결코 만만한 수준이 아닌, 상위 마법사랑 비교해도 비슷하거나 오히려 그보다 더 높을 수도 있기 때문에 300년이 훌쩍 지난 지금도 저렇게 젊은 모습을 유지할 수 있다.

마법사의 평균 수명이 400년.

마력이 약해서 노화가 찾아오는 기점이 바로 300년이다.

마법사에게 노화란 평민이나 검사처럼 서서히 늙는 게 아니다.

마력이 약해지면 갑자기 혼자 세월의 시간을 훌쩍 건너뛴 것처럼 아예 다른 사람이 된다.

그 대표적인 마법사가 바로 나의 스승님.

내게 남겨 주신 칼리토 책을 보고 나서 갑자기 노화가 찾아오시지 않았던가?

고작 100년 안팎인 시간에 오늘내일하는 노인이 되었으니까.

그것이 마법사들의 노화다.

"분명…… 나 같은 녀석이 검사 중에서도 또 있을 거란 생각을 계속하다 보니 표정이 굳어진 거 같아. 너는 어떻게 생각해, 내 생각?"

"동감. 허황된 가설이 절대 아니야. 분명히 가능성 있어."

"……괜찮다면, 시험해 보고 싶은데 될까?"

현 시대에서 유이한 마검사는 나와 가렌트뿐.

가렌트는 우리와 같은 마검사가 분명 검사들 중에서도 존재할 거라 굳게 믿고, 직접 찾고 싶은 모양이다.

하지만 지금 검사들의 수는 과거 찬란했던 그들의 전성기에 비교하면 98%가량이 줄어 버렸다.

셔먼이 검사 학교를 습격하는 바람에 검사 새내기들, 검사 학교의 조교, 교관 들 전부가 사라졌으니까.

살아남은 검사들이라곤 대검사 가렌트와 별도 명령 때문에 밑의 세계에 있던 대검사 친위대가 전부다.

나도 새로운 마검사를 발견하면 좋지만, 문제는 지금 상황이 그렇게 여유로운 상황이 아니지 않던가.

새로운 마검사를 발견한다고 치자.

숫자는 상관없다. 단 한 명이라도 괜찮으니 새로운 마검사를 발견했다고 했을 때, 그를 다시 육성시킬 시간이 없기 때문이다.

지금 당장 새로운 위의 세계도 만들 수 없는 상태인데, 언제 또 마검사를 본격적으로 찾아보고, 발견하며 훈련을 지속하겠는가.

"가렌트, 미안하지만, 일의 우선순위를 두자면 그건 나중으로 미루는 게 옳은 것 같아."

"……확실히 우리 상황이 그렇지?"

다행히 가렌트는 내 말을 이해했다.

우리가 처한 상황을 잘 알고 있어, 그저 아쉬운 목소리를 낼 뿐이었다.

"응. 그건 평화로운 시대에서 충분히 할 수 있잖아. 아직 흉흉한 시대니까. 평화로운 시대 때 같이 천천히 찾아보자고."

위로의 한마디를 건네며, 녀석에게 주먹을 내밀었다.

"아쉽긴 하지만…… 그래, 우리에게 처한 상황이 먼저지."

가렌트는 그렇게 애써 다짐하며, 내 주먹을 툭 쳤다.

"가자. 나머지 20% 채워야지."

그리고 이젠 먼저 나를 이끌었다.

'꼭 같이 찾아 주마, 가렌트.'

이것만은 나 스스로 굳게 다짐했다.

사일러드와의 전쟁이 끝난 뒤에도 내게 남은 일이 있다고 생각하니, 그렇게 나쁜 기분은 아니었다.

드레드는 도시 밖 숲 깊숙한 곳에 홀로 있었다.

그리고 그는 황망한 표정으로 주저앉아, 입을 조금은 멍청하게 벌린 채로 말했다.

"……그러니까, 이게 어떻게 된 일이냐? 왜 갑자기 이런 게……."

그가 보고 있는 곳엔 숲에 어울리지 않는, 투기장 모양의 동그란 암벽이 자신의 주위에 세워진 채다.

드레드는 가렌트나 대검사 친위대와 달리 훈련을 투기장에서 하지 않았다.

그는 늘 혼자서 숲을 찾았고, 이곳에서 혼자만의 훈련을 진행했다.

그런 이유도 조금은 소심한 것이었는데, 바로 투기장에 있는 검사들이 너무도 쟁쟁한 검사들이었기 때문이다.

드레드는 7급 검사.

9급을 검사들로 주를 이루는 친위대와 함께하기엔 주눅이 든 이유가 가장 컸다.

지금 시국이 시국인지라, 그들과 함께하지만, 평소라면 7급 검사인 드레드가 9급인 친위대원들이나 10급인 대검사와 소위 말하는 겸상할 수 있는 일은 없다.

이것은 검사 사회에서 절대로 급수 차이가 나면 쳐다보지도 말라고 정한 것이 아닌, 검사들이 자발적으로 정한 존중의 행동이었다.

자신보다 급수가 높다는 것은 자신보다 강한 검사라는 뜻.

강해지기 위해서 자신보다 훨씬 더 고통스러운 훈련을 보

냈다는 뜻이 되기도 하니 그가 걸어온 인고의 시간에 대한 검사들만의 존중의 행동이다.

비록 급수는 살아남은 검사들 중 가장 낮지만, 드레드도 뼛속까지 검사.

그렇기에 검사들의 문화는 당연시 여기고, 성실하게 지키던 검사였다.

혼자 훈련을 하다가 하늘에서 몬스터들이 쏟아지면 쏜살같이 달려간다.

그는 검사라서 빠르게 달리는 건 일도 아니니까.

그리고 드레드가 혼자서 행하던 훈련 방식은, 숲 공터 하나를 지정해서 작은 나무를 뽑아 표적을 여러 개 만들고 일정하게 이격시켜 둔 뒤, 그것들을 향해 빠르게 달려가 검을 휘두르는 방식이었다.

그가 이 방식을 채택한 이유도, 여태껏 몬스터와 싸운 방법과 상당히 유사했기 때문이다.

몬스터가 알아서 자신을 향해 달려오긴 하지만, 위급한 다른 검사를 도와줘야 할 땐 누구보다 자신이 먼저 달려가야 한다.

동료와 얼마나 떨어져 있든지, 상관없다.

자신이 조금만 빨리 달리면 위급한 동료를 구할 수 있으니까.

그래서 인위적으로 만든 표적들도 이격된 거리가 꽤 길었다.

짧게는 5m, 길면 30m까지.

드레드는 진검을 들고 최대한 빨리 뛰어 다음 표적에 도달하면서 차례차례 베는 훈련을 반복하던 중이었다.

"그랬는데…… 왜 갑자기 이런 게 나타나냐고."

시간을 0.1초라도 단축하기 위해 마지막 표적에 도달하던 그때.

거리가 상당히 좁혀졌을 때 드레드는 생각했다.

'뛰어 올라서 시간을 단축하자!'

그래서 마지막 표적에 다다랐을 때, 높게 점프하며 표적을 향해 검을 내리찍었을 때.

갑자기 이 원형 투기장 모양의 장벽이 세워진 것이다.

"내가 한 게…… 맞아? 이거 분명히…… 그 갈색 머리를 한 마법사가 부리는 마법이랑 생긴 게 비슷한데……."

드레드는 이제 일어나서 갑자기 세워진 장벽을 어루만졌다.

투박하고 두꺼운 돌이지만, 이상하게 정감이 가는 기분이다.

전혀 낯설지 않다는 뜻이다.

그리고 드레드도 마법사들과 함께 생활하면서, 마법사들의 특징을 알고 있었다.

"이거 대지 원소잖아……? 설마 그 마법사가 근처에 있

나?"

라무스 트레샤를 말하는 것이다.

주위를 확인하고 싶었지만, 갑자기 솟은 장벽은 시야를 완전히 차단했다.

즉, 현재 드레드는 장벽 안에 고립된 상태다.

드레드는 주위에 트레샤가 있고, 일부러 짓궂은 장난을 하는 거라고 생각했다.

실제로 트레샤는 여느 마법사와 달리 털털해서 검사들과도 줄곧 농담을 잘 주고받았는데, 그중 하나가 드레드였으니까.

"그 마법사…… 도가 지나치네. 하아, 이래 가지곤 시야가 다 차단돼서 주위를 확인할 수도 없잖아. 확인하고 싶은데……."

정확히 그 말이 끝나는 순간.

쿠구구구궁!

장벽은 스스로 무너지며, 드레드에게 시야를 밝혀 주었다.

"……어라?"

마치, 장벽에 귀가 달렸고, 드레드의 말을 실시간으로 듣는 것처럼 스스로 무너진 것이다.

"이상……한데?"

그리고 주위를 아무리 훑어도 트레샤는 보이지 않았다.

애초에 이곳은 공터이기에 숨을 곳도 없다.

대지 원소사인 그가 짓궂은 장난을 치고 숨는 것이라면, 인위적인 대지 원소 시설물 하나 정돈 보여야 하는데 그것조차도 보이지 않았다.

"……진짜 내가 한 거야?"

드레드는 이제 무너진 잔해들을 바라봤다.

"하긴…… 그러고 보니까 그 뒤로 내 몸이 뭔가 이상했어."

이젠 지난날을 떠올리기 시작했다.

그가 회상하는 시점은 바로 검사 학교 1층에서 라이칸에게 습격당했다가, 그대로 죽는 줄 알았던 그때.

그때 에이머가 구해 준 뒤로 드레드는 늘 이상한 기분이었다.

정확히 말하면, 에이머의 마법이 몸속을 헤집은 다음부터 알 수 없는 기운이 늘 자신과 함께하는 느낌이었다.

이를테면 그런 것과 비슷했다.

분명히 몸 어딘가가 간지러운데, 간지러운 부위를 정확히 모르겠다는 점.

그래서 애꿎은 부위를 긁다가 피부가 까진 경험이 누구나 한 번씩은 있지 않던가?

그것과 비슷하게 분명 뭔가가 있는데 그게 뭔지 설명할 수 없다는 것이었다.

그리고 평소엔 눈여겨보지도 않았던 돌멩이들이 어느 순

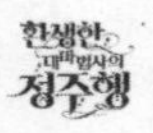

간 눈에 밟혔다.

정확히 말하면…… 길가에 널브러진 돌멩이가 괜히 시선을 빼앗는 기분이 들었다.

전에는 보이면 괜히 발로 한번 툭 차 보던 그런 돌멩이가.

이제는 시선을 뗄 수 없는 존재가 된 것이 이상했다.

"……설마, 나 정말로 가렌트 님처럼 된 거야……?"

그런 망상도 한번 해 봤다.

"진짜라면……?"

드레드는 무너진 잔해를 보고, 다시 검을 잡았다.

이 장벽이 세워지기 직전의 상황을 그대로 재현해 봤다.

바로 높이 튀어 올라서, 표적을 내리찍는 그 행위.

만약 장벽을 자신이 세운 게 맞다면, 똑같은 행위를 했을 때 동일하게 장벽이 생기지 않을까?

이 생각을 가지고 침을 꿀꺽 삼킨 뒤.

표적과 거리를 조금 벌렸다.

하늘로 높이 튀어 오르며 표적을 향해 내리찍었을 때.

쿠구구궁─!

부서진 잔해들이 스스로 뭉치며 다시 장벽이 세워졌다.

쩔그럭─!

드레드는 충격에 그대로 검을 떨어트리고 털썩 주저앉았다.

"나도…… 마검사야……?"

희한하게도, 기쁘기보다는 복잡했다.
왜 자신이 가렌트와 똑같은 마검사가 될 수 있었던 건지.
그 비밀을 아예 몰랐으니까.

트레샤와 알프릭은 따로 모여서 서로 마력을 겨루는 중이다.
그들이 마력을 겨룬 이유는 그들의 스승, 에이머의 지시가 있어서다.
바로 곧 새로운 위의 세계를 만들 것이니 각자의 방법으로 마력을 갈고닦으라는 그 지시.
그것을 성실히 이행하기 위해, 모였다.
그들이 모인 곳은 도시 밖의 숲.
드레드가 있는 곳과는 완전히 반대 방향의 숲이다.
그리고 그들은 이미 9서클로, 대마법사 바로 아래에 있는 마법사들.
그렇기에 효과적으로 마력을 증강시킬 수 있는 방법은 동등한 위치에 있는 마법사와의 대련뿐이었다.
"흐으음……."
그런데 한창 대련에 몰두해도 모자랄 판에 트레샤는 자꾸 시선을 저 멀리로 향하며 갸우뚱한 모습을 보였다.

"어이, 트레샤. 정신 사납게 왜 자꾸 한숨질이야? 스승님의 지시를 거역하는 거야, 지금?"

"아니, 그게 아니라 아까부터 자꾸 내 신경을 긁는 마력이 느껴져서 그러지. 이질적인 마력인데, 이거."

"……마력? 네 신경 긁는 마력이란 건 또 뭐냐?"

하지만 정작 알프릭은 아무것도 느끼지 못했다.

그것이 뜻하는 것은 하나.

둘은 마침 대련 중이었으니, 두 사람의 마력에 묻힐 정도로 약하다는 뜻이다.

'그런데 트레샤는 왜 이렇게 신경이 날카로워?'

아마, 같은 원소 마법을 느낀 모양이다.

보통 원소사들은 자신과 같은 원소 마법이라면 유독 예민하게 감지하곤 하니까.

"네 자식들이 장난이라도 치고 있는 거 아냐?"

"내 자식들의 마력을 내가 모를까? 너는 네 자식들의 마력을 못 알아보니?"

"……아니지."

"느껴 본 적이 없는 특이한 형태의 마력이라고. 그런데 너는 못 느끼는 거 보니…… 대지 원소가 확실한데."

알프릭의 예상이 옳았다.

트레샤는 지금 같은 원소의 마법이기에 유독 예민하게 반응하는 중이었다.

"네 자식이 아니면 누구야? 바이스나 그 딸내미들은 아닐 거고."

"내가 그들 마력을 모를 리가 없지."

"그럼…… 아르키스 님?"

"설마. 청아한 하얀색이란 이름을 가지신 그분의 마법에서 신경 긁는 불쾌함이 느껴질 리가 없잖아?"

알프릭도 스스로가 멍청한 답이었다고 생각됐다.

"……그렇지."

"도대체 누구지? 내가 느껴 본 적이 없다는 건, 그간 마법을 쓰지 않았다가 사용한 누군가란 뜻인데……."

"그거 때문에 집중이 제대로 안 되는 거고?"

"응."

"느껴지는 부분에 저쪽이야?"

알프릭도 이제 트레샤의 시선을 따라갔다.

"저기는 확실한데, 워낙 약해서……. 이 정도 마력이면 4서클은 될까 싶은데."

"흐음…… 그렇게 낮은 서클인데 네 신경을 긁는다면, 그건 또 그것대로 특이한 형태네."

"그러니까."

"계속 느껴져?"

"응. 지금도 계속 혼자 톡톡 튀고 있어."

알프릭은 이제 마법을 거뒀다.

"직접 확인해 보면 될 거 아냐. 대지 원소면 사일러드가 가진 원소도 아닌데, 적은 아닐 거고. 혼자 끙끙대면 뭐가 달라지니?"

"그렇겠지?"

"안내해. 네 무대잖아."

알프릭이 말했다.

그들이 서 있는 곳은 숲의 공터.

바꿔 말하면, 대지로 전부 이루어진 곳이다.

대지 원소사, 그것도 대지 원소 대표 가문의 가주인 그이니 드넓게 펼쳐진 대지를 이용해 단번에 텔레포트 하자는 뜻이었다.

트레샤는 즉시 동굴 형태의 포털을 만들었다.

이것이 그가 사용하는 텔레포트 방식이다.

대지가 이어진 곳이라면 자신이 원하는 목적지에도 똑같은 동굴 형태의 포털이 생성되니, 지금 여기에 생긴 포털을 넘으면 목적지에 도착하게 된다.

"가자."

트레샤도 지체하지 않고 먼저 포털 속으로 들어갔고, 알프릭이 따라 들어가서 통과한 그 순간이다.

"……어어?"

그들을 기다리고 있던 건 운석이라도 떨어진 듯이 움푹 파인 반대편 숲의 공터.

그리고 그 웅덩이 안에는 검사 드레드가 지친 상태로 뻗어서 가쁜 숨을 몰아쉬고 있었다.

"……검사 꼬맹이? 네가 이런 거야?"

트레샤는 그 웅덩이 속에 있는 드레드를 보며 놀라운 목소리로 물었다.

"아저씨?"

드레드는 해맑은 표정으로 답할 뿐이다.

표정엔 의기양양함이 가득 서린 채로.

가렌트와 한창 투기장에서 훈련을 진행하던 중이다.

우리의 훈련은 늘 똑같다.

비전력으로 만든 플레우드 마검을 나눠 갖고, 검술과 마법을 섞은 대련.

나는 부족한 검술을 채우면서 나머지 비어 버린 20%의 비전력을 되찾는 게 목적이고.

반대로 가렌트는 아직 터득하지 못한 마법의 활용 범위를 새롭게 깨치는 과정이다.

가렌트는 확실히 가진 마력이 보통내기가 아니다.

아마 그가 비전력을 사용할 수 있다면, 나와 대등하게 맞설 수 있는 녀석이 아닐까란 기대가 절로 생겨날 정도였으

니까.

가렌트도 어느덧 잡념을 버리고, 훈련에 한창 몰두하던 그 중에, 나의 신경을 따갑게 긁어 대는 마력이 느껴졌다.

"가렌트. 잠깐만."

"……왜?"

"누가 여기로 온다. 그런데…… 왜 불안하지?"

"불안해?"

그 말에 가렌트의 시선은 곧장 뻥 뚫린 투기장의 하늘로 향했다.

하늘은 오늘도 고요하다.

여전히 불타는 검은 반점은 늘 그랬듯이 계속 불타고 있었다.

"……멀쩡한데?"

"그게 아니라…… 아, 이거 트레샤 녀석인데…… 뭐가 이렇게 신이 난 거지?"

트레샤는 흥분하면 마력이 대방출되어, 대지가 들썩인다.

지금 그것을 느끼는 중이다.

도대체 무엇이 이 녀석을 흥분하게 만든 걸까?

"네가 그렇게 말하니까…… 나도 느껴진다, 이상한 무언가가."

가렌트도 집중하니 느껴지는 듯했다.

'아니, 그런데 왜 저렇게 신이 난 상태로 나한테 오는 중이

야? 뭐 새로운 마법이라도 개발했나?'

우린 그렇게 훈련을 잠시 중단하고 트레샤를 기다렸다.

그리고 그가 도착한 그 순간.

"아르키스 님! 이 꼬맹이 좀 보시라니까요!"

그런데 그는 드레드를 데리고 오며 흥을 주체 못 하고 큰 소리를 냈다.

'뭘까…… 이번엔 또?'

이상하게 트레샤가 저렇게 흥분하면, 난 불안하다.

저러다가 사고를 꼭 한 번씩 쳤으니까.

나와 가렌트는 자연스럽게 훈련을 중단하고, 멍하니 트레샤 옆에 있는 드레드만 쳐다봤다.

"그 친구가 왜?"

먼저 물은 건 가렌트.

아무래도 검사인 드레드를 내세우며 신이 난 목소리이니, 검사를 이끄는 대검사인 가렌트가 가장 궁금했을 터다.

"아까 네가 계속했던 거 이분들에게 보여 줘 봐."

트레샤는 마치 제 자식이 뭔가 대단한 성과를 이룬 듯이, 흐뭇한 미소를 곁들이며 말했다.

드레드는 가렌트의 눈치를 조금 살피다가, 그가 가진 검을 잡았다.

"으음……."

하지만 자신감이 없어서일까.

그는 조금 우물쭈물한 모습을 보이더니, 트레샤에게 한 가지를 요청했다.

"제가 원래 연습하던 대로 해야 나올 거 같아서요. 표적 좀 만들어 주세요."

"아까 공터에서 본 그 표적들 말하는 거지?"

"네."

나와 가렌트는 둘이 지금 무슨 대화를 하고 있는지 모른다.

그러나 트레샤는 모든 것을 알고 있다는 듯이, 드레드의 답을 듣고 즉각 대지 원소를 이용한 사람 모양의 돌기둥을 만들었다.

거리가 일정하지도 않다.

어느 것은 몇 발자국만 움직이면 닿을 수 있을 정도로 가깝고, 또 어떤 것은 몇 초는 내달려야 할 정도로 멀다.

나와 가렌트는 이해할 수 없는 둘의 행동을 그저 지켜만 봤다.

"아르키스 님, 가렌트 님, 조금 떨어져 계셔야 할걸요."

준비를 전부 마쳤는지 트레샤가 말했다.

약간의 경고로 느껴지는 그의 말투다.

자리를 옮기기 시작하는 트레샤.

그런데 그가 말한 '조금'이 아니다.

완전히 멀찌감치 떨어진, 투기장 입구까지 피했다.

"……거기까지 가야 해?"

"네. 그게 좋을 겁니다."

내가 묻자, 트레샤는 당연하다는 듯이 답했다.

"그래, 뭘 보여 주려는 건지 모르겠지만. 일단 네 말대로 하는 게 낫겠지."

조금 이해가 되지 않는 부분도 존재한다.

엄연히 드레드는 검사이고, 생존한 검사 무리인 친위대와 비교하면 현저하게 낮은 급수를 가진 자.

그런 검사인데, 마법사인 트레샤가 도대체 무엇을 보고 저렇게 호들갑이란 말인가.

트레샤의 표정도 연신 상당한 성취감이 느껴지는 표정이다.

도대체 마법사의 눈으로 보기에 검사의 어떤 부분을 보고 저런 성취감을 느낄 수 있을까.

딱 거기까지만 생각했을 때, 문득 걸리는 하나가 있었다.

'설마……? 내가 생각하는 건 아니겠지?'

생각을 마쳤을 때.

드레드는 바로 그 무언가를 보여 주기 시작했다.

검을 바짝 들고, 표적으로 달려가는 드레드.

여기까지만 보면 특별한 게 아무것도 보이지 않는다.

전형적으로 검사들이 정석적으로 하는 행동을 그대로 하고 있으니까.

검을 쥔 채로 접근해서, 그대로 벤다.

다음 표적을 향해서도 똑같은 행동이었고, 세 번째, 네 번째까지 변함없었다.

나와 가렌트는 동시에 고개를 갸웃했다.

보여 주고 싶었던 게 이런 단순한 것들이 아닐 텐데…….

그렇게 드레드가 마지막 표적을 향해 달려갈 차례가 다가왔다.

이번 표적은 가장 거리가 먼 표적.

거리만 눈으로 가늠하자면 족히 30m쯤은 되었다.

약 5m 정도 남겨 두고, 드레드는 검을 들고 공중으로 번쩍 날아올랐다.

"어허, 저러면 안 되는데. 저 녀석…… 마법사들의 마법에 너무 익숙해졌나. 검사들에게 금기시되는 행동을 해 버리네?"

가렌트가 그의 행동을 보고 불만스럽게 평가했다.

왜 그런 줄 나도 안다.

난 대검사인 가렌트에게 검술을 배운 사람이니까.

검사들에겐 이런 말이 있다고 한다.

"힘의 원천은 땅이다. 고로 땅에서 떨어지면 안 된다."

이런 말이 전해 오는 이유는.

몸이 공중에 뜬 순간, 지지대를 삼을 수 있는 땅이 없어져 버리기에 힘도 제대로 들어가지 않아서다.

멀리뛰기를 할 때도 제자리에서 뛰는 것과 도움닫기를 하고 나서 뛰는 것을 비교하면 그 비거리가 많은 차이가 나지 않는가?

검사들에게 땅이란 추진력을 비롯한 각종 힘을 얻을 수 있는 지지대이기에 그렇다.

결정적으로 저렇게 공중에 뜬 상태면 스스로 궤도를 바꾸거나 할 수 없기에 몸은 무방비로 노출된다.

즉, 상대의 공격을 방어할 수 없는 최악의 상태로 빠지기 때문이라고 했다.

드레드도 사일러드의 몬스터들을 처리하면서 그게 습관이 들어 버린 걸까?

검사들의 기본을 잠시 잊은 듯했다.

사일러드의 몬스터를 처리할 때 마법사가 마법을 통해 검사들을 하늘에 띄워 주기도 하고 몸을 자유롭게 움직일 수도 있게도 해 주었으니까.

하지만 우리의 예상과는 달리.

그 뒤에 이어진 드레드의 행동은 입과 눈이 자동으로 커지게 만들었다.

콰앙-!

그가 마지막 표적에 도달한 순간, 투기장의 땅이 스스로

솟아오르면서 웅장한 장벽을 만들었다.
장벽은 하늘까지 닿을 기세로 높이 솟았다.
내가 예전에 비전력을 연습하면서 천장이 사라졌는데, 그게 다행일 정도로 장벽은 높았다.
"……에, 에이머야……."
당황한 가렌트는 말을 더듬거렸다.
"……어."
나도 조금은 더듬거리며 답했다.
"저, 저거…… 맞지?"
"……."
의심할 여지 없이 우리가 같이 생각하는 게 맞았다.
새로운 마검사.
그게 뜬금없게도 드레드였으면서, 오늘 갑자기 우리 앞에 나타났다.
"트레샤 그래서 네가 신난 이유가……?"
난 이제 트레샤에게 물었다.
"아르키스 님이 이 사실 알면 좋아하실 거 같아서 바로 데리고 왔죠! 게다가 저 꼬맹이 원소가 대지 아닙니까! 마법적인 부분은 제게 맡기시죠!"
트레샤는 흥분하면 꼭 한 번씩 대형 사고를 쳤다.
그리고 지금도 똑같은 대형 사고를 나에게 안겨다 주었다.
그러나 과거와는 다른 점은.

예전엔 정말 수습하는 데 진땀 좀 뺀 사고였다면, 이번엔 이런 대형 사고라면 언제든 환영이라는 것이다.

오히려 더 많은 사고를 치라고 강요하고 싶을 정도다.

"그런데…… 왜 갑자기 저 녀석도 마검사야? 친위대는 아무도 징조를 안 보였는데."

가렌트는 아직 실감이 나지 않은 목소리다.

"받아들여. 오히려 좋구먼, 뭘."

하지만 난 달랐다.

나도 모르는 사이에, 트레샤와 똑같은 흥분된 목소리가 되었다.

'하나 시험하고 싶은데.'

난 다시 비전력으로 만든 플레우드 마검을 들고, 장벽 앞에 서서 장벽에 검을 찔러 봤다.

이 장벽의 내구성을 시험해 보기 위한 행동이다.

푸욱.

내 검은 두부를 자르는 식칼처럼 아주 부드럽게 드레드의 장벽을 뚫고 들어갔다.

그래서 장벽을 뚫을 때도 보통 '퍼석' 같은 둔탁한 소리가 나기 마련인데, 너무 부드럽게 들어가다 보니 '푸욱' 소리가 다 났다.

가렌트는 그 현상을 관찰하며 물었다.

"역시, 아무리 새로운 마검사라고 해도 한없이 약한 건가?

그렇게 부드럽게 뚫리는 걸 보면."

하지만 난 가렌트를 보면서 입꼬리를 조금은 과하게 올리며 답했다.

"아니, 이 마검으로 찌르면 무조건 뚫리지. 비전력 플레우드 마검인데."

"……그럼?"

"단단해. 그 증거로 이거."

난 마검이 만든 드레드의 장벽에 생긴 홈을 가리켰다.

"정말 불안정하고 형편없는 기량으로 만든 장벽이라면, 내가 플레우드 마검으로 찌른 순간 다 무너졌을 거야. 근데 봐 봐. 버티고 있잖아. 심지어 작은 홈만 생기고."

물론, 내가 플레우드 보주화 성격을 구현하지 않은 것도 있지만.

그래도 막 마검사가 된 드레드가 만든 장벽치고는 내구성이 상당했다.

하지만 가렌트는 그래도 어딘가 불편한 표정을 지었다.

일부러 내가 좋은 말만 해 주는 게 아닌가 하는 의심의 눈초리다.

"그렇게 못 믿겠으면 네 원소로 만든 검으로 때려 보든가."

"그게 확실하겠군."

가렌트는 자신의 원소인, 바람 원소 마검을 만들었다.

그리고 드레드의 장벽을 호기롭게 찌른 순간.

틱!

"끄윽."

단단한 드레드의 장벽을 뚫지 못하고, 그의 검은 튕겼다.

튕겨진 순간 전해진 진동 때문인지, 천하의 가렌트가 외마디 신음을 흘렸다.

"원소사 중 플레우드를 제외하면 누가 제일 강하다고 했지, 가렌트?"

"대지 원소사."

"그 이유가?"

"플레우드처럼, 우리가 사는 곳 중에 땅이 없는 곳은 없으니까. 그래서 탭 테이킹을 제약 없이 이용할 수 있어서."

"그래. 그 증거가 이거라고."

난 드레드의 장벽을 손가락으로 두드리며 강조했다.

플레우드 마검에 찔렸을 때는 작은 홈이 생겼지만, 가렌트의 원소를 이용한 마검에는 아예 뚫리지도 않은 이유.

드레드는 적어도 탭 테이킹은 구사할 수 있는 마검사이기 때문이다.

물론, 그것이 의도한 것인지 아닌지는 아직 모르지만.

"그래도 훌륭한데, 이 정도면?"

"저…… 이제 이거 없애도 될까요?"

그때 장벽 안에서 들린 드레드의 목소리다.

드레드도 보여 주고 싶었던 게 이게 전부란 뜻이다.

그리고 난 그의 질문 덕분에 또 신선한 충격을 받았다.

'익히자마자 스스로 제어를 할 수 있다라?'

본의 아니게 터득한 마법인데 자동적으로 탭 테이킹을 할 수 있는 걸 넘어, 조절까지 가능하다.

이 두 가지는 전부 가렌트도 바람 원소 마법을 익혔을 때 할 수 없었던 것이다.

마법을 익힌 뒤로, 나와 따로 훈련하면서 겨우 터득할 수 있었다.

가렌트에겐 조금 미안한 말이지만, 드레드가 가렌트보다 훨씬 나은 마검사다.

"그래, 그만 없애도 돼."

내가 답해 주자 장벽은 스스로 잔해가 되어 무너졌고, 얼마 지나지 않아 그 잔해들도 땅에 흡수되듯이 사라졌다.

루트는 오늘도 순번이 되어 셔먼이 있는 집으로 향하는 중이다.

바이스에게서 받은 환각제를 집안의 가보, 혹은 아버지 에타르의 유품이라도 되는 듯이 절대 떨어트리지 않을 생각으로 두 손으로 품에 안은 채 향하고 있었다.

그렇게 셔먼을 가둔 집에 거의 도착했을 때.

뒤통수가 따가웠다.

"흐음……."

전에 셔먼이 자신의 손을 물고 나서 이번이 세 번째 순번.

이것을 바꿔 말하면 어김없이 세 번째 이 따가운 기분을 느끼는 것이다.

즉, 두 번 참았으면 충분하다. 세 번째는 내색을 해야 할 때라고 생각하던 루트다.

루트는 그 순간 몸을 빙글 돌렸다.

그러자 누군가가 루트와 조금 떨어진 채로 따라오고 있었고, 루트가 뒤를 돌자 황급히 골목길로 숨은 것이 보였다.

그 사람은 긴 백발의 소유자였다.

"나와요."

루트는 손가락을 튕기며 말했다.

꼭 길고양이를 부르는 것만 같은 손짓이었다.

하지만 아무리 기다려도 하얀 머리의 사람은 나오는 법이 없었다.

"강제로 빼내기 전에 나와요."

이번엔 조금 무섭게 협박하자, 그제야 골목길에서 부스럭 소리가 들렸다.

그리고 길가로 나온 사람은 역시, 예상한 대로 루스 릴이었다.

“왜 사람 뒤를 그렇게 쫄래쫄래 따라다녀요, 기분 나쁘게?”

“……뭐요?”

기분 나쁘다는 말에 릴은 갑자기 화를 내기 시작했다.

“벌써 세 번째인데 당연히 기분 나쁘지. 기분 안 나쁘겠어요?”

“……세 번째인 건 어떻게 알았어요?”

이번엔 릴이 한껏 당황한 표정을 지었다.

아무래도 그간 두 번은 루트에게 들키지 않았다고 자신한 모양이다.

“내가 바본 줄 아나. 그래도 한 분교의 교감을 지낸 사람인데 감은 살았지.”

그러자 릴의 얼굴이 새빨갛게 변했다.

“우와, 빨간색이네. 더블 캐스터이신가?”

머리카락은 하얀색인데 얼굴은 도리어 빨간색이 되었으니, 그것을 보고 조금 놀리려는 의도였다.

릴의 빨간색 얼굴은 사그라질 줄을 모른 채 여전히 그 색 그대로였다.

루트는 이왕 말 나온 김에 이어서 말했다.

“그러고 보니 내가 전에 리프 씨한테 이상한 걸 들어서.”

“……뭔데요?”

리프라는 이름에 릴은 조금 불안해하는 모습까지 보였다.

"릴, 당신이 날 좋아한다고 그러던데. 난 어둠 원소를 싫어하는 루스가 그럴 리가 없다고 답했고."

"누, 누가 그런 미, 미친 소리를 해요!"

루트는 정말 순수하게 궁금해서 물은 것이었다.

그런데 릴의 얼굴은 금방이라도 용암으로 변할 것처럼 색깔이 더욱 짙어졌다.

게다가 이젠 심각하게 말을 더듬기에 이르렀다.

'뭐야, 맞는 건가?'

릴의 반응을 보고 나서야 루트도 합리적인 의심이라는 걸 비로소 할 수 있게 되었다.

"누가 그런 큰일 날 소리를! 우리 아버지가 알면 당장 폭발하실걸요! 우리 가문이 어둠 원소를 얼마나 싫어하는데!"

"리프가 그랬다고 했잖아. 내 순번이 될 때마다 뒤를 졸졸 따라다니는 걸 직접 봤다고 하던데."

"그 인간은 할 말이 있고 못 할 말이 있지!"

과연 못 할 말이라는 게 장난으로라도 그런 말을 하지 말라는 건지 아니면 혼자만 알고 있지 왜 굳이 루트에게까지 말했냐고 원망하는 건지.

어느 쪽인지 루트도 가늠하기 조금 힘들었다.

하지만 확실한 것은 여전히 남아 있었다.

"어쨌든, 내 뒤를 밟았다는 건 인정한 거네?"

릴은 그 부분은 전혀 부정하지 않고 오히려 화만 냈으니,

스스로 수긍했다는 뜻이 아니면 뭐란 말인가.

"이제 얘기 쉽겠네. 왜 내 뒤를 따라다닌 거지? 어둠 원소를 싫어하는 루스 가문의 자제분이시니 나를 좋아하는 건 아니겠고."

"……."

릴은 이번에도 입을 꾹 다물었다.

부정도, 그렇다고 긍정도 없는 참 묘한 반응이다.

"왜 그랬냐고, 사람 기분 나쁘게?"

"그…… 뭐냐……."

릴은 답하면서 머리를 빠르게 굴렸다.

이 상황을 벗어날 변명.

루트가 더는 의심 없이 한 번에 납득할 수 있는 변명만 계속 생각했다.

그러다 자신이 생각하기에 완벽한 핑계를 찾은 그 순간, 그녀는 당당한 목소리로 답했다.

"아! 그래! 그거! 아르키스 님이 우리도 놀지 말고 각자 열심히 수련하라고 했잖아요! 그거 때문에!"

물론, 여전히 목소리가 떨리는 건 감추지 못한 채로.

"개인의 수련이랑 나랑 무슨 상관이라고?"

하지만 루트는 그리 호락호락한 사람이 아니다.

그도 그럴 것이, 조각사 중에는 산전수전 다 겪은 대표 마법사가 여섯 명이 있다.

바이스, 알프릭, 트레샤, 에타르, 임펠, 루트.

특히나 임펠과 루트는 이름까지 바꿔 가면서 적진 본거지에서 자란 마법사들.

적에겐 자신의 존재를 숨겨야 하는 것이 이미 습관이 되어버린 마법사들이다.

언제 가장 많이 정체를 들키는가?

바로 말실수를 할 때다.

그래서 조각사 중에서도 임펠과 루트가 신중하면서도 누구보다도 완벽하게 속일 수 있는 말재간을 가지고 있다 할 수 있었다.

그런 루트의 눈으로 보기에 지금의 릴은 명백한 거짓말로 대충 어떻게 넘어가겠다는 심보가 훤히 보였다.

"……무슨 상관이라뇨? 상관있죠!"

'역시…….'

보통 거짓말로 상황을 모면하려는 사람들은 논리적인 설명이 부족하다.

자신의 거짓말이 탄로 날 것 같으면 취하는 행동.

억지.

지금 릴은 억지를 부리는 중이다.

루트는 이제 팔짱을 끼고, 약간 거만해 보이는 자세로 되물었다.

"그래, 궁금하네. 빛 원소인 루스의 수련이 어둠 원소사인

나와 무슨 상관이 있는지.”

“그거야……!”

다시 릴은 머리를 빠르게 굴렸다.

“아! 그래! 그거 뭐야……! 대련하자고요!”

‘오호라, 생각해 낸 변명이 그거야?’

이미 루트는 릴이 핑계를 대고 상황을 모면하려는 의도라는 걸 훤히 안다.

그런데도 굳이 맞장구쳐 주는 건 과연 어디까지 숨길 수 있는지 보자는 생각 때문이었다.

“대련? 왜?”

“당연히 내 상성이니까!”

릴의 변명을 해석하자면, 어둠 원소인 루트가 상성이니 둘이 대련하면 수련에 큰 도움이 되지 않겠냐는 뜻이었다.

“어둠 원소는 나 말고도 임펠이 있는데 왜 굳이 나한테? 아니면 바이스 어르신도 있고 리프나 델세르도 있는데.”

하지만 루트의 농락은 멈추지 않고 오히려 릴이 예상도 못한 걸 찌르며 들어왔다.

“그건……! 친하지 않은 마법사들이니까!”

“같은 조각사인데 친하고 안 친하고가 무슨 상관인지 모르겠는데. 아르키스 님이 당부하신 수련 때문이라고 그러면 임펠이 거절할 녀석도 아니고. 게다가 우리의 적은 저렇게 하늘에 버젓이 있는데 친하고 안 친하고가 이유가 될 수 있나?”

루트는 하늘에 떠 있는, 불타는 검은 반점을 가리키며 말했다.

그렇다.

현재 조각사와 검사 연합의 싸움은 끝난 상태가 아니다.

즉, 평화로운 상태가 아니라는 뜻이다.

루트의 말이 백번 옳다.

이런 상태에서 친하고 안 친하고는 전혀 이유가 될 수 없기에, 릴은 오히려 그런 이유를 댄 자신이 창피하게 여겨졌다.

“아! 좀!”

마땅한 변명거리가 이제 떠오르지 않자 릴은 화만 냈다.

루트는 그사이에 등을 돌리고 셔먼이 있는 집의 출입문 앞에 잠시 서서 릴에게 말했다.

“기다려요.”

“……네?”

“기다리라고. 이것만 먹이고 나오면 되니까.”

“무슨 뜻이에요……?”

“나한테 대련 신청하려고 그런 거잖아요. 아닌가?”

“아니…… 맞긴 한데…….”

“그러니까 기다리라고. 내 일은 끝내고 해야지.”

“아…….”

리프는 잠시 그대로 굳었다.

갑자기 왜 수락한 건지 당최 이해를 할 수 없었기 때문이다.

누가 보더라도 루트의 태도를 보면 거절한 게 분명했는데, 도리어 마지막에 기다리라고 하니 어안이 벙벙했다.

"싫어?"

루트는 릴이 답이 없자, 재촉할 심산으로 되물었다.

"아, 아니요!"

릴은 반사적으로 답이 튀어나왔다.

이건 생각도 하기 전에 입이 먼저 나온 것이다.

"그럼 정해졌네. 기다려요."

그렇게 루트는 셔먼이 갇힌 집으로 먼저 들어갔다.

릴은 발을 동동 구르며 출입문 앞에서 루트를 기다리기 시작했다.

"오호라, 이걸 어떻게 받아들일까~?"

한편, 둘의 대화를 엿듣고 목격한 사람이 있으니.

바로 리프다.

리프도 루트의 뒤를 몰래 밟은 한 사람이다.

그녀가 루트의 뒤를 밟은 의도는 특별한 게 없었다.

과연 순번 때마다 또 릴이 루트를 졸졸 쫓아다닐까?

이것을 직접 확인하고 싶어서 한 행동이다.

그리고 세 번째가 된 오늘.

모든 것을 멀리 떨어진 채로 목격했다.

"픕. 대련은 무슨, 데이트지. 그나저나…… 아르키스 님한테 일러 버릴까? 누구는 사일러드를 잡겠다고 훈련에 매진 중인데. 누구들은 요상한 분위기를 풍기네? 과연 이걸 들은 아르키스 님이 어떤 반응일지 궁금한데."

나쁜 의도로 그런 말을 하는 게 아니라, 그저 장난기로 가득한 심술궂음에서 나온 발상이었다.

"그래, 할 때만 제대로 하면 되지. 오히려 저게 저 둘한테 도움이 된다면야."

하지만 리프는 둘을 그냥 놔두기로 했다.

아무리 세상이 지금 삭막한 시국이라 할지라도, 모든 사람이 삭막할 필요가 있을까?

저 둘을 저렇게 놔두고 어떠한 발전을 이룬다면.

그 발전이 막상 조각사와 검사 연합이 사일러드 앞에 나섰을 때 힘의 원천으로 바뀐다면.

그것으로 된 게 아닌가?

"연애도 하지 말라는 법이 있냐~? 결정적으로 아르키스 님은 그런 사소한 것까지 통제하시는 분이 아니니까."

이미 에이머의 성격도 어떤지 잘 알고 있는 리프다.

그래서 이건 귀엽게 눈감아 주기로 결정했다.

"대신, 나중에 때가 되면 알아서들 말해라? 안 그러면 내가 먼저 이를 거니까."

그녀가 말한 때 되면 알리라는 것은, 평화의 시대를 맞이했을 때 공식적으로 모두에게 알리고 축하를 받으라는 뜻이었다.

"그런데…… 릴 아가씨, 알프릭 님은 어떻게 설득하려고 저런 선택을 했지? 아무리 에타르 님의 아드님이라고 해도 가만히 있을 거 같지 않은데……."

루스 가문이 타일런트가 대마법사가 된 이후에 얼마나 갖은 고생을 했던가?

그래서 검은색이라면 치를 떠는 곳인데.

과연 이 사실을 알게 된 뒤의 알프릭은 어떤 반응을 보일지 내심 기대……가 아닌 걱정이 되었다.

"뭐, 그건 둘 사정이니까 난 모른다~."

어느덧 루트가 환각제를 셔먼에게 먹이고 나왔고.

루트와 릴은 그대로 어딘가로 향했다.

"자, 그럼 나도 심심한데 구경이나 가 볼까?"

하지만 정작 그렇게 말한 리프는 그 둘의 뒤를 따라가지 않았다.

그녀가 향한 곳은 둘이 향한 곳과는 완전히 반대되는 곳이다.

나와 가렌트, 드레드, 그리고 트레샤.

우리 넷은 투기장 중앙에 동그랗게 둘러앉았다.

드레드는 어떻게 자신이 마검사가 되었는지 그 경로를 우리에게 설명했다.

그런데 드레드의 표정이 영 신통치 않았다.

마검사라는 대단한 존재가 되었음에도 그는 그런 사실이 불편한 듯, 표정에 훤히 드러났다.

"왜 그런 표정이야? 마검사 한 명, 한 명이 절실한 때에 네가 마검사가 된 건데?"

가렌트가 물었다.

아무래도 지금 상황에선 대마법사인 나보다 그가 한평생을 따랐던 가렌트와 대화를 하는 게 훨씬 나을 거라고 판단해, 난 먼저 묻지 않았다.

"그래서 그래요. 마검사라는 게 정말 대단한 재능인 거잖아요. 그런데…… 하찮은 저한테 왜 그런 재능이 있냐는 거죠. 전 친위대원분들이랑 비교하면 급수도 낮은데……."

기어 들어가는 목소리로 드레드가 답했을 때.

뻐억-!

"꺼억……!"

가렌트는 답답함이 느껴졌는지, 정말 내가 봐도 심하다고 생각될 정도로 드레드의 뒤통수를 후렸다.

“네가 급수가 낮은 건 검술을 친위대와 비교했을 때지, 이젠 친위대한테 없는 걸 가지고 있으니 기뻐해야 하는 거 아냐?”

새로운 재능을 발견했으니 자신감을 갖고 그것을 활용할 생각을 해야지, 이렇게 힘 빠지는 소리 하지 말라는 경고의 행동이었던 것이다.

“……그건 잘 알고 있는데요. 그냥…… 납득할 수가 없어서. 왜 갑자기 제가 하루아침에 마검사가 됐는지가요.”

“흐음, 그건 나도 그렇다.”

가렌트도 동감을 표하다가, 시선이 내게 멈췄다.

“왜?”

“에이머, 혹시 그거 아니냐? 내가 말한 거.”

“우리의 선조 때문에?”

“응.”

“선조요……?”

우리의 대화에 드레드가 의문을 표하며 물었다.

‘그러고 보니 검사들은 내가 의회에서 조각사들한테 보여 준 걸 모르지.’

칼리토 책에 있던 두 개의 위의 세계가 탄생한 그 계기.

검사들은 아예 모르니 저런 반응도 무리는 아니다.

“네가 설명해라, 가렌트. 굳이 내가 링킹으로 보여 주는 것보다 네가 직접 설명해 주는 게 나을 거 같은데, 드레드한테는.”

가렌트는 드레드에게 설명해 줬다.

어떤 이유에서 두 개의 위의 세계가 탄생하게 된 것이며, 그리고 마법사와 검사가 사실은 같은 선조를 가지고 있다는 설명을 마쳤을 때였다.

“……그래서 그런 거라고요?”

드레드는 다시 충격을 받은 듯, 눈이 휘둥그렇게 변했다.

“그럼 더 이해가 안 되는데요……?”

아직 더 알고 싶은 뭔가가 있는 모양이다.

“아, 뭐가 이해가 안 되는데. 답답하게.”

이번엔 내가 못 참고 쏘아붙이듯 물었다.

“더 이해가 안 되죠. 저희 검사는 전부 같은 선조를 가졌는데 왜 누구는 마검사가 되고 누군 안 되는 거예요? 같은 선조를 가졌으면 검사 전부가 마검사가 될 수 있는 거 아니에요? 어쨌든 우리 검사도 마법사의 후예들이니까.”

‘생각하는 방식 참 단순하군.’

드레드는 너무 일차원적으로 받아들인 게 문제다.

뭐, 그렇다고 이게 나쁘다는 것도.

틀렸다고도 말할 수 없다.

검사의 삶을 살았던 드레드라면 오히려 저게 정상적인 반응일 수 있겠다는 생각으로 내가 설명했다.

"내가 세운 가설은 이렇다."

"네."

"검사들도 마법사의 후예이니까 마법적 재능이 있는 건 확실해. 그런데 마법사에 비하면 그 재능이 너무 약해서 보이지 않는 거야. 따지고 보면 이런 거지."

난 로브의 긴 소매를 걷고 맨살의 팔뚝을 보였다.

가렌트와의 강도 높은 훈련 덕분에 앙상한 옛날의 그 몸은 사라졌다.

검사들과 비슷하게, 우락부락한 팔이다. 그렇다고 가렌트만큼은 아니지만, 이 상태라면 마법사 중 최고로 굵은 팔뚝이라고 말은 할 수 있다.

그 상태로 힘을 잔뜩 주니 근육이 부풀어 오르며 근육의 선이 더욱 선명해졌다.

"이게 근육이잖아."

"……그렇죠?"

드레드는 무슨 설명을 하려는 건지 이해 못 하겠다는 반응이지만, 일단은 내 설명을 계속 들었다.

난 이제 트레샤에게 지시했다.

"트레샤, 너도 로브 소매를 걷어 봐."

"아, 넵."

그렇게 소매를 걷은 트레샤.

내 팔뚝과 트레샤의 팔뚝을 비교하자면 이쑤시개와 나무

기둥의 차이라고 느껴질 정도다.

"자, 트레샤의 팔뚝이 저렇게 얇다고 근육이 없는 거야?"

"……아!"

역시, 검사인 드레드는 신체로 비유하니 바로 알아들었다.

내가 말한 의도는 이렇다.

근육이 없는 사람은 없다. 단지 그 근육이 크냐 작냐의 차이다.

"검사들의 마법적 재능이 이런 것과 똑같은 거라고 봐. 분명 다 가지고 있는데, 누구는 특출 나게 재능의 크기가 근육처럼 커서 눈에 확 보이는 거고. 다른 검사들은 마법적 재능의 크기가 너무 작아서 잘 안 보이는 거지. 분명, 다 재능은 가지고 있는데 발현될 수 있냐 없느냐의 차이라는 거야."

분명 같은 선조를 가지고 있으니, 검사들 전부가 마법적 재능은 있을 거다.

하지만 그 재능이 마검사가 되기에 충분할 정도로 갖춰졌느냐, 아니냐의 기준만 있을 뿐이다.

지금 가렌트와 드레드, 이 둘이 바로 마검사가 될 재능이 충분히 갖춰진 검사들인 셈이다.

"그냥 그 차이라고. 물론, 내 가설이긴 하지만 제일 신빙성 있다고 생각돼."

"그럼…… 그 마법적 재능이 하루아침에 생긴 게 아니라 예전부터 있었다는 건데 왜 이제야 나타난 걸까요?"

드레드는 궁금한 게 참 많았다.

하지만 이번엔 답답함을 느끼지 않았다.

드레드가 새로운 마검사.

이 시대에서 공식적으로 세 번째 마검사다.

즉, 마법도 사용해야 하기에 이런 궁금증은 환영이다. 전부 마법과 관련이 있으며, 마법도 그런 궁금증이나 상상에서 힘을 받아 나오는 거니까.

그런데 드레드의 질문에 딱 떠오르는 답이 없었다.

"으음…… 이것도 내 가설인데……."

다만, 한 가지 '이렇지 않을까?'라고 생각되는 부분은 분명히 존재했다.

"뭔데요?"

"너 죽을 뻔한 날 기억하지? 나 처음 본 날."

셔먼이 검사 학교를 급습하고 셔먼이 열어 놓은 포털을 통해 사일러드의 라이칸까지 넘어갔던 그날을 말하는 것이다.

"어떻게 잊겠습니까? 제가 그때 얼마나 무례하게 굴었는데요."

"그걸 따지려는 게 아니라. 그때 내가 네 몸에 마법도 집어넣었잖아."

"네."

"아마 그걸로 네 안에 잠들어 있던 마법적 재능이 점점 깨어나기 시작한 게 아닐까 싶은 거지."

"……그런가?"

"생각해 보면 그게 맞는 것 같아. 왜냐면 그 뒤로 끝이 아니라 검사들 전부가 지속적으로 마법사의 마법을 받았잖아. 벌써 기간만 보면 두 달이 넘었어. 이것을 바꿔 말하면, 네 몸이 마법을 받아들이고 두 달이 지난 후에야 비로소 발현됐다는 건데?"

드레드 입장에서나 갑자기 하루아침에 마법을 사용할 수 있는 것이지, 내 가설을 세운다면 사실 하루아침이 아니다.

분명히 검사들 전부가 마법적 재능이 있다.

하지만 그들이 가진 유독 큰 근육처럼 그것이 제대로 발현되는지 안 되는지의 차이일 뿐이다.

사람이라는 게 본디 사용하지 않는 것들은 퇴화하기 마련.

그 증거로 마법사는 몸을 사용하지 않기에 몸이 약하다.

검사들과 같은 큰 근육이나 월등한 체력이 없는 대신에 범접할 수 없는 정신력을 가졌다.

그게 왜 그런 것인가?

마법사에게 근육은 필요치 않기 때문이라는 결론이 날 수 있다.

강인한 신체가 필수로 들어가는 비전력도 마법사 전부가 너도나도 사용할 수 있는 대중화된 자원이 아닌, 특별한 재능을 가진 사람만 사용할 수 있으니 예외일 뿐이다.

반대로 검사들도 똑같다.

애초에 마법을 사용하지 않는 새로운 부류이다 보니, 그들이 사용하는 몸이 세대를 거치면서 더욱 발전되었지만 도리어 정신력—마법적 재능—은 퇴화된 것뿐이다.

가렌트나 드레드는 그저 그 퇴화를 남들과 달리 덜 겪어서 정신력이 아직 온전히 남아 있다고 볼 수 있었다.

"또 그렇게 생각하니까…… 아르키스 님 말씀이 맞는 것 같네요?"

생각의 방식의 차이다.

드레드는 내 설명을 곧잘 이해했다.

"자, 그럼 그걸로 궁금증은 끝?"

"아…… 네."

"그리고 가렌트 말도 맞아. 모처럼 얻은 재능이니까 어색해하지 말고 마음껏 활용해. 안 그래도 나와 가렌트는 새로운 마검사가 검사 중에 나올지 모르니 식별할까 말까를 고민한 적도 있었거든."

"그런 일이……."

이제 드레드는 가렌트의 표정을 살폈다.

그가 평생을 모셔 온 대검사가 찾던 사람이 막상 자신이었다는 믿기지 못한 사실에 조금은 감격한 듯했다.

"마침 대지 원소사이기도 하고. 역시, 마법 지도는 트레샤네가 맡는 게 좋겠다."

"맡겨만 주시죠!"

기꺼이 대답하는 트레샤와 달리.

"저는 왜…… 직접 알려 주시지 않고……."

드레드는 그 부분이 못내 섭섭하게 느껴진 모양이다.

"차별하는 건 아니야. 그런데 지금 우리에게 주어진 시간이 많이 없어서 그래. 넌 어차피 교관을 맡을 정도로 검술은 충분하잖아? 마법만 제대로 익히면 돼. 하지만 나와 가렌트는 따로 할 일이 있어서 너에게 신경을 쏟을 여유가 없는 거야."

"아아……."

대답은 저렇게 하지만 그래도 아쉬운 건 여전한 드레드다.

"지금 네 상태에선 트레샤가 최고의 선생님이 될 거니까 너무 그런 표정 짓지 말고. 네가 그 표정을 지으면 트레샤가 단일 원소사를 차별한다고 느낄걸."

이건 일부러 드레드의 의욕을 돋우기 위해 한 말이다.

트레샤도 눈치껏 드레드의 팔을 툭 치면서 말했다.

"아르키스 님 말씀이 맞다. 차별하는 거니, 지금?"

"아, 아니죠!"

"그럼 얘기 끝났네. 트레샤, 데리고 가."

"넵!"

트레샤가 먼저 일어나서 데리고 가려고 할 때, 드레드가 다시 다급하게 물었다.

"그런데 말이죠…… 저 정말 궁금해서 새로 묻는 건데요."

"아깐 이제 없다면서 그사이에 또 뭐가 생겼어?"

"아, 네……."

"말해 봐."

"제가 보여 드린 장벽 마법이요. 이게 실제 전투에서 도움이 될까요? 아무리 제가 생각해도 의미가 없는 거 같아서……. 그저 장벽만 세우는 마법을 과연 어떻게 활용할 수 있을까 싶네요."

"허허, 제 마법을 부정하는 마법사는 그다지 훌륭한 마법사가 아닌데."

"그게 아니라…… 정말 실용적인가 싶어서 그러죠."

드레드의 걱정.

솔직히 나에게는 조금 기쁘게 다가왔다.

저건 자신의 마법을 부정하는 자세가 아니라, 정말 냉정하게 자신을 평가하는 거니까.

마법사들 중에서도 저런 유형은 없다.

오히려 자만으로 가득한 마법사들만 많았지.

"난 충분히 좋은 마법이라고 생각하는데. 가만 보니까 그 장벽, 네가 원하는 크기로 줄이거나 늘릴 수도 있지 않았어?"

드레드가 자신의 마법을 선보였을 때 보고 느낀 걸 그대로 물었다.

"……보여 드린 것도 아닌데 어떻게 바로 아세요?"

왜 모르겠냐.

시작부터 탭 테이킹 그대로 구현한 장벽인 걸 나는 느꼈는데.

탭 테이킹까지 할 수 있는데 크기 조절이라는 기본도 못 할 녀석은 절대 아니라고 생각했다.

"상대를 가두는 마법이잖아. 물론, 단점은 너도 같이 갇힌다는 게 문제지만."

"……그러니까요. 보통 마법사들이 사용하는 마법은 상대만 가두고 자신은 유리한 위치에 있는데, 그들과 너무 다른 마법인 거 같아서요."

이제 조금 주눅 든 목소리다.

"네가 일반 마법사라면 그게 치명적인 단점이겠다만 너 일반 마법사 아니잖아? 마검사지. 마검사랑 마법사의 차이, 몰라?"

"……."

난 일부러 드레드가 생각할 시간을 주기 위해 시선만 맞춘 채로 다음 답을 강요하지 않았다.

"오호라. 그런 식으로 활용할 수 있겠구나?"

가렌트도 뭔가 느낀 게 있는지, 먼저 말했다.

난 슬쩍 가렌트에게 링킹으로 연결해 물었다.

'네가 눈치챈 방법이 뭔데? 나랑 생각이 같은지 확인 좀 하자.'

'이거 아냐?'

그렇게 가렌트는 짧게 설명했다.

그리고 내가 생각한 것과 정확히 일치한 설명이었다.

'역시, 같은 마검사라고 생각도 똑같은 방식으로 한 거 같네?'

'기본이지.'

가렌트의 답을 들은 뒤로 난 넉넉한 시간을 계속 주면서 드레드가 생각할 수 있게 만들었다.

하지만 아무리 시간이 지나도 드레드는 결국 답하지 못하고 내게 말했다.

"그냥 알려 주세요. 전 잘 모르겠어요."

그래, 이럴 땐 차라리 모르겠으니 알려 달라고 하는 게 옳은 태도다.

"그래, 마검사와 마법사의 차이. 마검사는 마법을 곁들인 검술이고 마법사는 오직 마법만 사용하지. 그래서 똑같이 갇힌 상태라면 몸이 약한 마법사가 불리한 게 맞아. 그런 상황에서 네가 마법만 사용할 줄 아는 마법사를 네 마법으로 가뒀다면, 어떨 것 같아?"

"……으음. 아아!"

그제야 확실히 깨달은 눈치다.

상대를 같은 공간에 가둬 버리면, 마법사는 한순간에 투기장에 고립된 꼴이 된다.

심지어 드레드는 원소 마법 중 플레우드를 제외하고 가장 강하다고 불리는 대지 원소 마법이니, 그의 장벽을 쉽게 허물 수 있는 원소사가 존재하긴 힘들다.

따라서 드레드가 상대하는 마법사는 드레드의 마법으로 만든 장벽에 갇힌 순간, 마법적으로 탈출 불가능한 지옥에 떨어지게 되니 어떻게든 탈출하려면 물리적인 힘, 즉 검술로 드레드를 제압해야 하는데 그것을 행할 수 있는 마법사가 어디 있단 말인가?

"소환사에게도 같은 방식으로 통할 수 있어. 특히 소환사의 신물을 너의 장벽에 가둬 버리면 아군을 보호할 수 있는 효과까지 있잖아. 이만큼 훌륭한 마법이 어디 있는데?"

분명히 사일러드를 상대할 때도 귀찮은 신물을 처리해 줄 수 있는 아주 귀한 마검사라고 확신할 수 있다.

"……감사합니다!"

드레드는 이제야 자신감을 완전히 찾은 모습이다.

"그러니까 트레샤한테 배우면서 더욱 단단하고 무지막지한 투기장으로 만들어. 너만의 무대를 네가 직접 만들 수 있는 마검사니까."

난 격려의 한마디도 잊지 않았다.

"네!"

자신감을 찾은 드레드는 트레샤와 함께 마법 수련의 길로 떠났다.

⁂

"끄으윽……."

루트와 대련을 마친 릴.

그녀는 루트와 도시 밖 숲에서 대련 중이었다.

그러다 막 기력을 완전히 다해 그대로 뻗어 버리고 말았다.

그녀는 평소보다 너무 과한 마법을 사용하는 바람에 머리가 지끈거리는, 정말 오래간만에 찾아온 두통에 시달리기 시작했다.

'도대체 이해가 안 된단 말이야. 왜…… 어둠을 못 거두겠지?'

의도한 게 아닌 릴의 핑계로 시작된 대련.

루트는 절대 봐주는 법이 없었다.

악랄하고도 지독하게 릴을 자신의 마법으로 괴롭혔다.

특히 루트는 모든 감각을 앗아 가는 침묵의 감방이라 불리는 '사일런스 셀'에 릴을 가두고 검은 송곳으로 사정없이 공격했다.

그래도 릴은 명색이 루스 가문의 장녀였기 때문일까.

그녀가 가진 마력으로도 충분히 반응할 수 있는 능력은 있었다.

하지만 그런 릴도 루트의 사일런스 셀에선 탈출하지 못하고, 방어하기에 급급했다.

'도대체 왜…….'

릴은 하늘을 올려다봤다.

심지어 지금이 해가 사라진 밤도 아니고.

쨍쨍하게 빛나는 태양이 있는데도 루트의 사일런스 셀을 깨지 못한 것이다.

'나만 탭 테이킹을 사용할 수 있는 상태인데도…… 못 깼어. 얼마나 강한 거야? 오히려 루트 씨한테는 불리한 장소인데도 손도 못 댔잖아?'

정확히 말하면 완벽하게 진 것이다.

이 패배의 이유를 도무지 납득할 수 없던 그때.

루트가 누워 있는 릴 옆에 다가와, 앉았다.

"……."

그 순간 저도 모르게 릴의 얼굴은 빨갛게 변했다.

"왜 진 건지 모르겠지?"

루트가 시선은 주지 않고 물었다.

하지만 자존심이 있는 릴이기에 답하지 않았다.

"난 알 것 같은데."

"뻔한 소리 하려면 하지 마요. 당신이 나보다 강하니까 그런 거겠지."

"뭐 그게 이유 중 하나가 될 수 있다면 되겠지만, 결정적인 이유는 아니잖아."

"절 되게 잘 아는 듯이 말하네요?"

자신도 모르겠는 걸 타인인 이 남자가 어떻게 확신을 가지고 말할 수 있는 걸까.

그 자신감이 궁금한 릴이었다.

"잡생각을 계속하잖아. 당신과 대련하면서 확실히 느낀 것도 있어."

"……뭔데요?"

"수련 목적으로 나한테 대련 신청한 게 핑계라는 거."

그 순간, 다시 리프의 얼굴의 빨간색은 한층 더 진해졌다.

사실, 루트도 이미 알고 있지만, 계속 놔두면 안 될 것 같아서 돌직구로 던졌다.

"무, 무슨……."

"난 솔직한 사람한테 끌리거든. 내 인생 자체가 늘 거짓이었기에 그런지 모르겠지만."

"……인생 자체가 거짓이라는 건 무슨 뜻이죠?"

"드라코 가문이 있을 때 그들에게 들키지 않기 위해 늘 거짓으로 드라코 가문의 마법사 연기에 최선을 다했잖아. 에타르 님의 학교에 교감으로 있을 때도 어쨌건 드라코 가문의 감시는 이어졌으니 교감이 되고 나선 더욱 목숨을 걸고 거짓으로 지내야 했지. 그러다가 아르키스 님에게도 무례한 짓을 해 버렸으니까."

"그건 일부러 그런 거 아니잖아요."

"아무리 그래도. 어쨌건, 그로 인해 아르키스 님도 나와 에타르 님을 오해한 건 사실이었으니까."

퇴학하기 위해 안간힘을 썼던 과거가 떠올랐다.

아르텔이 아르키스 에이머였단 걸 알기 전까지.

루트를 비롯한 조각사의 주요 마법사들은 늘 거짓으로 자신을 가리고, 치장해야만 했다.

한순간이라도 소홀했다간 몇백 년에 걸쳐 준비한 계획이 물거품이 되어 버리니까.

그래서 솔직한 사람이 좋다고 말한 것이다.

거짓 신분으로 인생 대다수를 살았던 루트는 진실만큼 갈구한 것이 없었기 때문이다.

"그러니까 핑계나 거짓말 같은 건 대지 말라고. 어차피 다 들키게 되어 있어. 나나 임펠도 나중에 가서는 드라코 가문에게 정체가 탄로 났잖아. 그나마 최대한 늦게 들켜서 다행이었지."

"……."

"그러니까 솔직해지고 잡생각을 버리라고. 분명 강한 사람인데 약하게 보이니까 형편없다고 느껴질 정도니까. 난 약한 사람도 별로 안 좋아해."

"유도신문이에요?"

"무슨 유도신문? 난 아무것도 유도하는 게 없는데? 이것 봐. 지금 속에 뭔가를 숨기고 있잖아. 그러니 유도신문이라

는 소리를 다 하지."

처세술은 루트가 몇 수는 앞섰다.

"나 참……."

부끄러워진 릴은 그대로 눈을 감았다.

그리고 드디어 속에 있는 말을 뱉었다.

"이미 다 알고 있으면서……. 그냥 남자가 먼저 말해 주면 덧나나?"

하지만 여전히 자존심이 더 강한 릴이라서 애매한 말이 되고 말았다.

"그러니까 뭘?"

"아! 진짜!"

루트가 일부러 못 알아들은 척하자, 발끈한 릴은 눈을 뜨고 벌떡 일어났다.

"좋아, 이렇게 합시다. 다시 대련해. 대신 조건 걸어요."

"무슨 조건?"

"진 사람이 평생 이긴 사람 옆에 있기. 조수…… 같은 거지!"

"픕."

이래선 져도, 이겨도 루트는 얻는 게 아무것도 없었다.

'아, 아닌가? 이미 얻었나?'

"뭐, 좋아요. 그럽시다. 바로 시작하지."

그렇게 다시 성사된 둘만의 대련.

릴의 마법은 방금과 비교할 수 없을 정도로 강해진 것이 고스란히 느껴졌다.

결정적으로 루트가 똑같이 사일런스 셀에 가두려고 하면, 릴이 보기 좋게 깨부수고 루트를 공격하기까지 했다.

“거봐, 잡생각 버리니까 달라지잖아. 사람이 완전히 달라졌네.”

“시끄럽고 빨리 지기나 해요!”

“내가 왜? 어차피 이겨도 져도 결과는 똑같은데.”

“내가 아버지를 닮아서 자존심이 병적으로 세거든! 아무리 결과가 똑같다 해도 이겨야겠어!”

루트는 소리 없이 웃었다.

‘그래, 져 주마. 까짓거. 사일러드한테만 안 지면 되는 건데.’

대신, 그녀의 자존심을 존중하기 위해 일부러 티 나지 않게 졌다.

밤이 찾아왔을 때.

가렌트는 홀로 투기장을 찾았다.

에이머와의 훈련이 끝난 다음에도 그는 늘 홀로 이렇게 투기장을 찾는다.

이유는 단순하다.

부족한 검술을 채우려는 목적이 아닌, 혼자서 마법 수련을 더 하고 싶어서다.

어차피 피곤해도 리프에게 물약 한 병만 받으면 말끔히 해결된다.

그가 이렇게 이젠 텅 빈 투기장에 혼자 오기 시작한 것도 리프의 물약을 받고 나서 시작한 일이다.

잠을 남들보다 덜 잔다는 것.

그것을, 가렌트는 남들보다 더 많은 시간을 사는 거라고 생각한다.

잠이라는 게 죽음을 뜻하는 건 아니지만, 가렌트는 잠자는 시간에는 아무것도 할 수 없어서 잠자는 것이 죽은 것과 같다고 느끼기 때문이다.

그래서 가렌트는 그 시간을 늘리는 게 아깝기도 하고 모처럼 수명이 연장되기도 했으니 최대한 활용하고 싶었다.

투기장 입구에 들어섰을 때, 그간 듣지 못한 소리가 들려왔다.

"어후, 이건 어떻게 하는 거야……?"

'이 목소리는…….'

여성의 목소리다.

그런데 이 목소리의 주인이 누군지는 알지만, 가렌트는 의아했다.

가렌트의 기억으로는 분명히 이 목소리의 주인은 이곳 투기장을 한 번도 오지 않았기 때문이다.

검사의 거리에 투기장이라는 곳이 존재하는 것도 모르는 듯이, 이쪽으로는 발길도 주지 않았던 사람이 돌연 이때 나타난 거다.

가렌트는 그렇게 투기장 안으로 들어갔다.

역시나 가렌트의 예상대로 푸른색으로 치장한 장신의 여성 마법사.

니드가 검사들이 사용하는 기구인 검술 도르래를 낑낑거리며 하고 있었다.

"뭐 하세요?"

"……."

가렌트가 묻자, 그녀는 화들짝 놀라며 발작하듯 다급하게 등을 돌렸다.

"아……."

"여기 한 번도 안 오신 분이 웬일로?"

"어…… 그러니까……."

늘 냉철한 모습만 보였던 니드인데, 지금은 남의 집에 침입하다 걸린 도둑의 모습이다.

하지만 그것도 잠시. 니드는 평정심을 금방 되찾았다.

"그냥 궁금했어요."

"검사들이 훈련하는 게?"

"아니요."

그녀는 당돌한 목소리로 답했다.

그리고 목검 도르래에 달린 목검을 가볍게 쥐며 말했다.

"아르키스 님이 가렌트 님과 함께하시면서, 눈부신 발전을 이루셨잖아요. 비전력도 상당 부분 회복하셨고. 그 모습을 보고 든 생각이 있어요. 그래서 늘 혼자 고민하는 것보다 직접 경험해 보는 게 좋겠다는 결정을 내려서 온 거예요, 보통 이 시간엔 아무도 없길래."

"무슨 생각이 들었길래요?"

"검사들의 훈련 방식이 비전력 사용자만 강하게 하는 게 아니지 않을까? 나 같은 일반 단일 원소사에게도 이로운 점이 분명 있을 것 같단 생각요."

확실히, 그런 생각이라면 이곳에 오지도 않았던 사람이 갑자기 찾은 것도 납득은 됐다.

"그런데 이거 하기가 엄청 힘드네요?"

"당신 몸으로 했다간 일주일은 앓아누워야 하지요. 그러니까 내려놔요."

목검 도르래도 몸이 준비된 사람만 할 수 있다.

하지만 연약함 그 자체, 표본이라고 말할 수 있는 니드는 절대 해서는 안 되는 훈련 중 하나다.

에이머의 경우에야 혼자서 터득한 훈련 방법으로 어떻게든 몸을 준비시켜서 가능했던 거지, 니드는 신체 단련으로는 인생에서 오늘이 처음인 사람이기 때문에 오히려 몸을 갉아 먹는 독약인 셈이다.

"……그럼 전 뭘 해야 하는데요?"

"아무것도 못 하지, 기초가 없어서."

"너무 잔인한 말인데, 그건."

"그건 바꿔 말하면 기초가 생긴다면 무엇이든 할 수 있다는 뜻 아니겠습니까?"

"……."

그 순간 니드의 눈빛이 바뀌었다.

"왜 그렇게 쳐다봐요?"

"마검사 되시더니, 말투도 많이 바뀌셨네요. 저랑 처음 마주쳤을 땐 웃기지도 않은 농담을 건네더니."

꽤 진중한 말도 할 줄 아는 사람으로 변했다는 게 신기할 따름이다.

게다가 검사였던 그가 이렇게 생각 깊은 얘기가 하는 게 니드는 낯설었다.

"아하하, 그건 잊어 주시죠."

"그런데 가렌트 님이야말로 이 시간에 보통 없으셨으면서 웬일이에요?"

"그냥, 자는 시간 아까워서요. 그 시간을 활용하고 싶어서."

"그럼 혼자서 단련하러 오신 건가요?"

가렌트는 고개만 끄덕였다.

"잘됐네. 검사들의 단련을 제대로 구경할 기회니까. 보고 있어도 되죠?"

어차피 몸의 준비가 되지 않았기에 목검 도르래는 무리인 니드.

이왕 이렇게 된 거, 가렌트가 어떤 식으로 혼자 단련하는지 눈에 담고 나중에 따라 하겠다고 마음먹었다.

"……부담스럽겠군."

그래도 가렌트는 거절하지 않았다.

'입문자한테 처음부터 극악의 난이도 수련을 보여 줄 필요는 없으니까.'

본래 힘든 수련을 하기 위해 찾은 거지만, 관람객 하나가 생겨 버렸으니, 그 사람의 수준에 맞추기로 마음먹은 가렌트는 투기장을 천천히 뛰다가 서서히 속력을 올리기 시작했다.

"……그게 의미 있는 거예요?"

니드는 의아하게 물었다.

그도 그럴 것이 마법사인 그녀이기에 검사의 영역에 대해서는 아무것도 모른다.

그저 뜀박질만 하는 게 아무런 의미가 없어 보였다.

가렌트는 달리면서 답했다.

"마법사의 눈에는 그렇게 보이겠지만. 이렇게 뛰는 게 원소사들의 기초인 원소 기본 구체랑 똑같아요. 없으면 아무것도 못하지."

"……오호, 저건 쉬워 보이는데."

정말 단순한 행동이고, 무거운 것을 드는 것도 아니니 니드는 솔직한 심정으로 만만하게 보였다.

"그럼 같이 뛰어 보든가요. 직접 경험하고 싶어서 아무도 없을 때 찾은 거잖아요?"

가렌트가 제안하다 그녀는 조금 고민하다가 몇 발자국 앞으로 다가왔다.

가렌트가 자신의 앞을 지나갈 때.

가렌트의 발걸음에 맞춰 뛰기 시작했다.

'자세가 엉망이군.'

처음부터 잘하는 사람이 어디 있을까.

가렌트의 눈엔 니드의 뛰는 폼이 말할 수 없을 정도로 끔찍했다.

그렇게 달리기 시작한 지 정확히 2분도 채 되지 않았을 때.

"케헥! 끄허어어억!"

니드는 얼굴과 어울리지 않는 괴상한 소리를 냈다.

'신물……인가?'

순간, 니드가 인간의 탈을 쓴 신물이 아닐까 하는 착각이 들 정도다.

퀼트가 남긴 예언의 정체

“그걸 이겨 내고 계속 뛰어야 해요. 지금은 1분 조금 넘게 뛰겠지만, 계속 반복하면 1시간도 거뜬할 거니까.”

“크헤헥…… 케헥…….”

‘맛이 갔군.’

니드는 꾸역꾸역 뛰긴 하지만, 사실 속도로 따지면 걷는 거랑 똑같았다.

그리고 발이 땅에 닿을 때마다 연신 괴상한 소리만 나왔다.

가렌트는 니드의 상태를 보고 이대로 가면 힘들겠다고 판단, 그대로 멈췄다.

“일단 멈춰 봐요.”

니드를 강제로 멈추게 하자 그녀는 다리에 힘이 풀렸는지 그대로 털썩 주저앉았다.

스스로도 그런 현상이 믿기지 않았는지, 애처롭게 자신의 다리만 쳐다보는 니드다.

“니드 씨가 몇 년이나 산 마법사였죠?”

“……가렌트 님보단 훨씬 많죠.”

“나 에이머랑 같은 시대 사람인데?”

“아…… 맞다.”

‘정신도 반쯤은 나갔네.’

니드는 워낙 힘이 들어서 가렌트를 에이머와 동시대에 산 검사가 아닌, 여느 다른 검사와 똑같은 검사라고 생각한 것이다.

“200년 가까이 다 됐어요. 마법사한테 나이는 별로 의미 없는 거라서 정확히 세어 보지도 않았지만.”

“200년이라…….”

200년 동안 운동 한 번 안 한 사람이라는 뜻이다.

그런 사람이 오늘 갑자기 뜀박질을 하니, 그런 괴상한 소리를 내는 것도 무리가 아니다.

‘그런 조건이라면…… 1분 넘게 뛴 것도 칭찬해 줄 정도네.’

“안 되겠어. 뛰는 것도 무리야.”

“그럼 도대체 난 뭘 할 수 있는데요?”

연신 아무것도 할 수 없다는 말만 들리자, 니드가 조금 발끈했다.

마법사인 니드는 빙결 마법까지 사용하며 에드 분교의 교수로 지냈고 심지어는 드라코 가문의 마법사까지 직접 몇 명을 잠재웠는데, 검사의 영역에 발들이니 하찮은 존재로 전락한 것에 대한 원망이었다.

"걷는 것부터 해요. 뛰는 것도 다리근육이 필요한데 아예 없어서 그렇잖아."

"……걷는 걸로 생겨요?"

"물론이지, 한 3~4시간쯤 걷는다면. 하루도 빼지 않고, 중간에 쉬는 시간 없이. 그것부터 시작하자고요. 그게 순서인 것 같네."

이에 가렌트는 억지로 니드를 일으켜, 투기장을 천천히 걷기 시작했다.

"……이게 정말 의미가 있는 건가?"

확실히 뛰는 것에 비하면 힘이 아예 들지 않지만, 역시 의미는 제대로 몰랐다.

"지금이야 그렇겠지."

가렌트는 자세한 설명을 생략하고 계속 걸었다.

그렇게 30분이 넘어가던 때에 니드의 표정이 불편하게 변하며 숨소리가 훤히 들릴 정도로 거칠어졌다.

"힘들죠?"

"……."

니드는 말없이 고개만 끄덕였다.

"그래도 3시간 다 채운다는 생각으로. 전혀 의미 없는 일 아니니까."

달밤에 새로운 영역에 발을 들인 니드는 포기하지 않고 묵묵히 걷기를 계속했다.

어느덧 일주일이 흘렀다.

난 오늘 투기장으로 향하지 않고, 도시 밖 숲을 찾았다.

바로 비전력을 측정하기 위해서다.

지난 일주일간, 사일러드는 내 예상대로 활동을 아예 하지 않았다.

하늘은 늘 그렇듯 불타는 검은 반점이 생긴 그대로다.

다만 조금 씁쓸한 게 있다면, 불길이 확실히 처음 생겼을 때와 비교하면 약해졌다는 거다.

'에타르…….'

시전자인 에타르가 이미 세상을 떠난 지도 제법 흘렀다.

오히려 에타르가 사라졌는데도 이렇게 오랜 기간 남아 있다는 게 대단하다고 느껴졌다.

'네가 남긴 선물, 꼭 이용하마.'

스승님을 만나러 갔을 때, 마주친 사일러드의 얼굴을 보고도 느낀 게 있지 않은가?

그의 얼굴 반쪽엔 없던 화염이 생겨났고, 불은 꺼지는 법 없이 계속 불타오르며 사일러드를 괴롭혔다.

그래서 시간을 더 지체할지 말지 확실히 정하기 위해 혼자 측정하기 위해 투기장이 아닌 숲으로 나온 것이다.

오늘은 가렌트와 함께 온 것도 아니고 나 혼자 이곳을 찾았다.

혼자 먼저 확인하고 싶은 마음이 컸다.

본격적으로 하늘에 새로운 플레우드 보주화를 구현하기 전에.

마음을 차분하게 먹었다.

본래 조급한 마음을 가지면 될 것도 안 되니까.

"후우~."

차분하게 심호흡 한 번 거하게 한 뒤에 바로 플레우드 보주화를 구현했다.

현재는 마나 100%로 이루어진 보주화.

이것을 이제 천천히 비전력으로 바꾸는 단계로 돌입했다.

50%까지는 단번에 올렸다.

80% 수준까지는 회복한 것을 평소에 알고 있으니, 부담 없는 수치까지 올린 것이다.

그리고 60%를 넘어 70%.

이제 80%까지 도달했을 때다.

'지금부터 본격적으로 시작이다.'

이제부터 정신 바짝 집중한다.

지난 일주일의 성과가 얼마나 될까.

가렌트와의 훈련도 절대 게을리하지 않았다.

할 수 있으면 최대한 시간을 할애해서 병적으로 집착하듯 훈련에만 몰두했으니까.

비전력으로 전환을 멈추지 않고 계속 행하는데도 몸에 아직까지 부담은 느껴지지 않았다.

어느덧 85%를 넘은 시점이다.

'아직 괜찮아. 더 할 수 있는 기분이야.'

내친김에 끝까지 간다는 말도 있지 않은가?

이런 기분을 느꼈을 때 한계까지 도달하고 싶었다.

'90%…….'

분명히 90%를 돌파한 순간인데도 몸은 아직 평온했다.

'좋아, 조금만 더.'

그렇게 서서히 1% 단위로 바꾸던 중.

98%에 도달했을 때다.

주륵.

인중에서 뜨끈한 촉감이 느껴졌다.

손등으로 슥 훑으니, 새빨간 피가 묻어 나왔다.

'코피.'

98%인데도 코피가 날 정도면, 실로 대단하다고 성과를 이뤘다고 볼 수 있다.

하지만 내가 원하는 건 몸이 정말 아무렇지도 않은 걸 바랐지만, 그거까지는 과한 욕심으로 보였다.

난 그 즉시 비전력 전환을 중단했다.

97%.

내가 아무런 부담을 느끼지 않고 구현할 수 있는 수준이다.

"그래도 이 정도면 괜찮아."

전생에 비교하면 고작 3%가 모자라지만, 난 이 정도면 충분히 준비가 됐다고 생각했다.

비전력은 3% 모자랄지 몰라도 검술을 새롭게 터득했으니 분명히 그만큼을 채우고도 남을 거라는 믿음.

20%나 모자랐을 땐 불안감이 느껴졌지만, 지금은 그런 마음이 하나도 들지 않았다.

"바로 시작해야겠군."

난 그 자리에서 모브를 활성화하고, 조각사와 검사들 전부를 호출했다.

투기장으로 향하기 위해 준비를 마친 가렌트.

그는 방 책상 위에 있는 세 장의 그림이 눈에 들어왔다.

바로 퀄트가 죽기 전에 남겨 놓고 간 그림이다.

“이 실체는 언제 볼 수 있을까…….”

아직 에이머에게도 물어본 적이 없는 예언들이다.

에이머가 예언 영역은 아예 모르기도 한 게 결정적인 이유라서 혼자만 알고 있었다.

그런데 유독 오늘 그 세 장의 그림에 눈이 가는 가렌트였다.

“그래도 에이머가 스승님한테 받은 책과 연관이 있지 않을까.”

위의 세계를 새롭게 만들 수 있는 방법이 담긴 책이라고 했다.

그리고 퀄트가 남긴 순서대로 곱씹었다.

첫 번째 그림인 후드형 로브를 뒤집어쓰고, 보름달 밑에서 서 있는 마법사들.

그리고 그런 마법사와 대치하는 갑옷과 검으로 무장한 사내들.

즉, 검사.

검사들은 밝게 빛나는 태양 아래에 선 채다.

신기한 것은 마법사는 보름달을 등졌고, 검사는 태양을 등진 채라는 거다.

그리고 두 세력은 보름달도, 태양도 없는 하늘을 함께 바라보고 있었다.

"제 세상을 등진 사제들……."

퀼트가 이 그림을 그릴 당시에 분명히 그렇게 말했기에 어쩌다 보니 그것이 그림의 이름이 되었다.

그리고 분명 퀼트는 '그런 사제들은 새로운 세상을 찾았다.'라고 말했다.

"새로운 세상……."

에이머의 스승에게서 받은 위의 세계를 만드는 법이 담긴 책.

"그걸 예언하신 건가?"

하지만 확실한 것을 모르기에 지레짐작할 뿐이었다.

그렇게 다음 그림을 보려고 할 때, 가렌트의 집 출입문에서 조심스러운 노크 소리가 울렸다.

똑똑.

"누구야?"

가렌트는 곧장 문을 열며 답했다.

바로 드레드가 가렌트의 집을 찾아왔다.

"무슨 일이야?"

"아, 아르키스 님이 전부 호출했다고 하셔서요. 가렌트 님 모시고 오라는 지시를 받고 왔습니다."

"……누구한테 받았는데?"

"제 선생님이요. 모브를 확인하시더니 바로 저한테 데리고 오라고 하시더라고요."

트레샤를 말하는 것이다.

"그래?"

"네."

"문 연 김에…… 가자."

가렌트는 세 장의 그림은 주머니에 넣은 채로, 드레드와 함께 에이머가 있는 곳으로 향했다.

그런데 드레드가 안내하는 곳이 투기장이 아니었다. 가렌트는 그에게 물었다.

"왜 도시 밖 숲으로 가?"

"아르키스 님이 거기 계신다네요?"

"……그래? 투기장이 아니고?"

"네."

조금 의아하게 다가왔다.

'매일 투기장을 습관적으로 가는 녀석이 오늘은 왜?'

다른 사람도 아닌 오랜 친구 아르키스 에이머인데, 이상한 의도를 가지고 있을 리가 있을까.

가렌트는 묻지도 따지지도 않고 묵묵히 걸어 숲에 도착할 수 있었다.

조각사들과 검사들이 전부 모인 숲의 공터.

"검사들은 잠깐 옆쪽으로 빠져. 마법사랑 검사를 확실하게 나누기 위해서니까."

이제부터 내가 할 일은 새로운 위의 세계를 만드는 대공사다.

그리고 그 공사에 필요한 것은 전부 마법사들.

익스팬로스를 집어넣은 보주화 속에다가 마법사들의 마력도 강제로 주입한다.

그렇게 익스팬로스를 가진 보주화가 스스로 팽창, 증식하게 하여 거대하게 만든다.

그럼 보주화는 어느덧 새로운 세상이 되어 있을 거다.

두 개의 위의 세계를 처음 만든 초대 교장 선생님과 교사, 교수진이 했던 그 방식을 그대로 재현할 차례다.

"너희를 부른 이유는 새로운 세상을 만드는 날, 그게 오늘이라서야."

내 말에 검사와 마법사 전부 환희에 찬 표정을 지었다.

"아르키스 님! 그렇다는 말씀은…… 혹시 비전력을?"

특히 델세르가 제일 관심 깊게 물었다.

"비록 100%는 아니지만, 아까 시험해 보니까 97%까지는 부담 없이 할 수 있어. 98%부턴 코피 나더라. 그래도 그 정도면 충분하다고 생각되는데."

"정말이십니까?"

델세르는 자신의 일인 것처럼 기뻐했다.

비록, 그녀는 아직 보주화를 익히지 못했지만, 괜찮다.

분명히 에밋 가문의 한계를 뚫은 델세르라면, 위의 세계를 만들 때 충분한 마력을 공급할 수 있는 마법사라고 생각했다.

“응. 그래서 바로 시작하려고. 일단 새로운 세계부터 만들자.”

그렇게 난 등을 돌리고 하늘을 바라봤다.

“혹시 다들 준비할 시간이 필요해?”

“전 언제든 준비되어 있어서 괜찮습니다! 아르키스 님의 보주화 속에 제가 구현할 수 있는 마법 전부를 들이부으면 되는 거 아닙니까?”

역시나 가장 당차게 답한 것은 델세르였다.

“맞아.”

델세르를 시작으로 마법사들도 차례대로 큰 목소리로 답하기 시작했다.

조각사의 주요 마법사들, 2기 조각사들까지 전부 답을 했지만 아직 제대로 답을 못한 마법사 한 명이 있었다.

바로 하페르트.

그는 우물쭈물하게 주변 마법사의 눈치만 봤다.

‘녀석…….’

왜 저런 태도인지 안다.

냉정하게 따지면 현재 모인 마법사 중 가장 서클도 낮고

약한 마법사.

자신 따위의 마법이 이런 거사를 치르는 데 도움이 될까 하고 걱정하는 눈초리다.

"하페르트."

"……네!"

"걱정하지 마. 너도 충분히 도움 되는 마법사니까. 마음 편하게 먹어."

"……아, 가, 감사합니다!"

"그래. 누가 키웠는데. 내 옆에서 할 수 있는 거 전부 쏟아 부어."

그의 선생인 임펠도 하페르트를 격려했다.

"내가 오늘은 참는다."

그 말괄량이 스파클도 웬일로 따듯한 말을 다 건넸다.

"자, 준비됐지?"

조각사들이 일제히 답했다.

"옙!"

"시작하자."

난 곧바로 하늘에 플레우드 보주화를 구현했다.

'분명 보주화를 구현한 위치가 위의 세계의 위치지.'

즉, 내가 정한 장소에 새로운 위의 세계가 생겨난다는 뜻이다.

내가 선택한 위치는 기존 두 개의 위의 세계 맞은편.

본래 마법 사회와 검사 사회가 있는 위의 세계는 나란히 떠 있었다.

이번에 새롭게 만들 위의 세계는 그 맞은편으로 정했다.

'사일러드를 위한 감옥으로도 활용될 수 있는 곳이야. 저 두 세계랑 가깝게 하는 건 피하고 싶군.'

단순히 그 이유 때문에 정한 위치다.

그렇다 보니 자연스럽게 난 기존에 있던 두 개의 위의 세계를 등지게 되었다.

"부탁한다."

그리고 준비는 끝났으니 바로 실천으로 옮겼다.

가렌트는 에이머를 필두로, 마법사들이 위의 세계를 만드는 과정을 멀리 떨어져서 지켜봤다.

가렌트만이 아닌 검사들 전부가 멀리 떨어졌다.

워낙 강력한 마법을 구현하는 장소이니, 검사들이 혹시 휘말릴 수 있기 때문이었다.

'잘 보이네.'

에이머와 훈련하면서 그가 만든 플레우드 마검을 늘 만진 영향이 컸을까.

이젠 플레우드 보주화도 눈에 선명하게 보였다.

가렌트는 플레우드를 다룰 수 없는 마법사지만, 에이머가 만들어 준 마검 덕분에 몸에 익숙해져 버린 현상으로 보였다.

그렇게 완성된 에이머의 플레우드 보주화.

순식간에 비전력으로 전환 중이라는 것도 눈에 훤히 보였다.

'플레우드라는 거…… 보면 볼수록 대단해. 나도 다룰 수 있는 원소가 플레우드였으면 좋았겠다는 생각이 드네.'

에이머의 마법을 볼 때마다 드는 생각이다.

하지만 플레우드는 아무나 가질 수 없는 재능.

꼭 가지고 싶다면 플레우드 부모 사이에서 태어나야만 한다고, 에이머는 말했다.

그러면서 정작 바이스랑 에이머가 서로 형제 관계도 아닌 게 가렌트는 이해가 되지 않았지만, 그만큼 플레우드는 재능을 갖출 수 있는 조건이 제대로 알려지지 않을 정도로 희귀한 재능이라는 뜻이었다.

비전력이 전환을 시작하고 나서 조금 지났을 때.

에이머가 말했다.

"지금이야. 나머지는 너희들 몫이다."

비전력의 플레우드 보주화를 완성했다는 신호다.

그 신호를 기다렸다는 듯이, 마법사들은 자신들이 가진 마법 전부를 플레우드 보주화에 때려 붓기 시작했다.

"장관이군……."

에이머의 보주화 속으로 빨려 들어가는 조각사들의 마법

들.

플레우드 보주화는 본디 유(有)를 무(無)로 돌리는 성격이다.

따라서 이론으로만 놓고 보자면 에이머의 보주화 속에 조각사들이 구현한 마법이 닿는 순간 사라져야 했다.

그런데 보주화 속에 있는 새로운 마법, 익스팬로스 때문일까?

보주화는 본래의 그 성격을 잃고, 오히려 다가오는 마법을 억지로 끌고 와 흡수하기에 이르렀다.

때려 붓는 마법의 가짓수와 강한 마력이 점차 주입되기 시작하자, 에이머의 보주화 크기는 거대하게 변했다.

"뭐가 보이세요?"

다른 검사들의 물음이다.

심지어 드레드도 영문을 모르겠다는 표정을 지었다.

"아, 너희들에겐 안 보일 수 있겠다."

'검사 중에 플레우드란 마법과 가장 친한 사람 누구냐?'라고 묻는다면 당연히 답은 정해져 있다.

바로 가렌트 딱 한 사람밖에 없다고.

늘 플레우드 마검을 들고 다니기도 했고, 직접 맞아 본 적도 많았던 가렌트에게만 허락된 풍경이었다.

"이 장관을 너희들이 볼 수 없다는 게 아쉽네."

다른 검사들이 이것을 볼 수 있다면 어떤 생각이 들까?

못내 그게 궁금했지만, 지금 가렌트가 해야 할 것은 그저 조용히 지켜보는 게 전부다.

에이머의 보주화가 떠 있는 하늘을 한 번.

그리고 그 밑에서 보주화를 향해 온갖 마법을 집어넣는 마법사들을 한 번.

그렇게 번갈아 보다가 뒤통수에서 열기가 느껴져, 가렌트도 모르게 뒤를 슬쩍 쳐다봤을 때였다.

"……어?"

뭔가 이상하다.

'이상하다'고 생각한 것은 이질적이라서 그런 게 아니라 꼭 어디선가 한 번 본 적이 있는 것 같은 묘한 기분 때문이었다.

가렌트가 열기를 느끼고 뒤를 돌아본 이유도, 그의 뒤에는 불타는 검은 반점이 있는 하늘이 있었기 때문이다.

"잠깐만……."

"왜 그러세요?"

드레드가 심각한 표정으로 변한 가렌트를 걱정스럽게 물었지만, 가렌트의 귀에는 그런 드레드의 걱정 어린 말이 들리지도 않았다.

가렌트는 실성한 사람처럼 자신의 몸을 더듬거리기 시작했다.

"설마…… 이게 이거……?"

그가 꺼낸 것은 바로 퀼트가 남긴 세 장의 그림.

그중 첫 번째 그림인 '제 세상을 등진 사제들'이라는 이름이 붙어 버린 그 그림이다.

가렌트는 그림과 지금 자신이 보고 있는 광경을 다시 살폈다.

"제 세상을…… 등진 사제들……."

보름달과 태양이 뜬 하늘을 등지고선 사제들.

이것이 뜻하는 게 지금 상황이라는 걸, 가렌트는 알 수 있었다.

"제 세상을 등졌다는 뜻이…… 그런 거였어…… 할멈……?"

제 세상.

즉, 각자 세력이 살던 곳이다.

검사들은 검사 사회가 있는 위의 세계에서 살았고.

마법사는 마법 사회가 있는 위의 세계에 살았다.

하지만 둘 다 서로가 살던 세상에서 공공의 적을 마주쳤다.

바로 사일러드라는 희대의 천재이자 극악무도한 마법사.

물론 정확히 따지자면 검사 사회가 풍비박산된 건 셔먼 때문이다.

그러나 셔먼이 그런 행동을 한 이유가 무엇인가?

타일런트는 사일러드의 힘을 흡수하고 싶었고, 그러기 위해선 봉인을 풀어야만 했다.

그래서 몰래 검사 사회로 넘어갈 방법을 연구했고, 성공한 뒤에 사일러드의 힘이 약해졌을 때를 노리고 셔먼을 침투시켰다.

검사 학교 꼭대기에 있는 봉인석을 깨기 위해.

그렇기에 조밀조밀 따진다면 사일러드로 인해 시작된 것이니, 사일러드 때문에 일어난 일이라고 할 수 있었다.

'그런 거였구나……. 제 세상을 등진 사제들이라는 건, 지금의 우리 상태를 말한 거야.'

마법사는 에이머와 에타르를 필두로 한 조각사들이 타일런트를 끌어내기 위해 반격에 나섰지만, 사일러드가 풀려나는 바람에 실패로 끝나 에타르는 스스로를 희생하고 에이머를 살렸다.

즉, 마법사들도 자의 반 타의 반으로 제 세상을 등지게 된 것이다.

이는 검사 사회도 똑같았다.

셔먼이 모두를 학살하기 위해 검사 의회에서 검사 학교로 향하는 포털을 막아 놔, 밑의 세계로 내려온 친위대는 전원 생존할 수 있었지만 남아 있던 검사는 전부가 죽었다.

따라서 생존한 검사들도 자의 반 타의 반으로 제 세상을 등지게 되었다.

'그렇다면 두 번째 그림은 뭐야……?'

퀼트가 남긴 두 번째 그림.

하늘에 뜬 무수히 많은 구름이 전부인 그림이다.

'분명히 이때는…….'

당시 가렌트는 에이머가 혹시 살아 있는 게 아닌가 하는 의심을 가지고 있었다.

그가 대검사를 지내던 시절, 에이머가 타일런트에게 당했을 때 봉인석에서 빛이 났는데, 그 빛에 맞은 뒤로 늙지 않은 사람이 되었으니까.

마침 당시 검사 사회는 마법사 사회와의 전쟁을 준비하던 중이었기에 가렌트는 더더욱 의심하며 에이머를 찾으려 했었다.

'할멈…… 이건 에이머가 죽지 않고 살아 있다는 걸 알려주려고 했던 거였어……?'

퀼트는 분명 그런 말을 남겼다.

"하늘은…… 사라지지 않는다! 늘 존재한다! 하늘은 언제나 우리의 위에! 있……다아……."

하얀색은 플레우드와 빛 원소의 고유색.

지금 마법사들의 중앙에 선 새하얀 로브에 눈동자와 머리카락까지 하얀색으로 덮인 하얀 마법사.

즉, 에이머가 가렌트가 의심한 것처럼 죽지 않고 살아 있으며 하늘—마법 사회가 있는 위의 세계—에 있다는 뜻이

었다.

'그래서 나랑 에이머랑 만날 수 있었지…….'

이제 퀼트가 죽기 직전에 남긴 세 번째 그림을 확인했다.

사람은 없고 땅과 하늘만 있는 그 그림이다.

땅과 하늘의 차이가 손이 닿을 정도로 가깝다는 특징을 가졌다.

하늘은 무너지고, 흑백이 주를 이루니. 체스판과 같구나. 결국, 판을 장악하는 것은 흑일까, 백일까. 그것은 부덕한 나 따위에게 허락된 시야가 아니구나.

그림 밑에 남겨진 퀼트의 유서와 같은 글귀를 속으로 읽었다.

'하늘이 무너진다…….'

그리고 분명히 이 그림이 본래 있던, 퀼트가 마지막에 잠든 테이블에는 이런 글귀도 있었다.

무너지는 것은 사라지는 게 아니다. 무너지면 다시 세울 수 있다. 고로, 여전히 존재하는 것이다. 잠시 보이지 않는 것뿐이다. 잠시 무너진 하늘은 다시 떠오를 예정이다.

"이제야 알겠어……."

대단한 발견을 한 기분이다.

그러면서 몸에서는 소름인지 전율인지 모를 것이 일며 그림을 잡은 손에 힘이 바짝 들어가 손이 덜덜 떨릴 정도였다.

퀼트는 에이머를 '하늘'이라고 부른 것이다.

그래서 에이머가 아르텔이라는 이름으로 위의 세계에 있었을 때 하늘을 하얀색이라고 강조한 것이며, 언제나 우리 위에 있다고 말한 것도 그 당시 에이머는 밑의 세계에 내려올 수 없는 상태였기 때문이다.

그리고 무너진 하늘.

이는 에이머가 밑의 세계로 내려온 그날을 말하는 것으로 보였다.

달리 말하면 사일러드가 부활한 그날이기도 했다.

"……그래서 하늘이 무너진 뒤에 흑백이 주를 이룬다고, 체스판과 같다고 한 거였구나."

하얀색을 가진 마법사, 에이머.

그리고 검정색을 가졌던 마법사 사일러드.

비록 현재의 사일러드는 불 원소의 빨강과 바람 원소의 회색도 섞인 마법사지만 당시엔 검은색만 가졌던, 어둠 원소와 소환 마법의 더블 캐스터였다.

판을 장악하는 것은 흑일까, 백일까.

이는 하얀색인 에이머와 검정색인 사일러드의 싸움을 말하는 것이다.

애초에 지금 조각사와 검사 들에게 남은 적은 사일러드밖에 없다.

그리고 퀼트는 승자가 누구인지 보지 못한 채 눈감아 버렸다.

그래서 '그것은 부덕한 나 따위에게 허락된 시야가 아니구나.'라고 말을 남긴 것이다.

"……할멈, 그래도 할멈은 미리 본 거구나? 사실 첫 번째 그림은 검사와 마법사가 전쟁한다는 게 아니라, 제 세상을 잃어버린 검사와 마법사가 함께 손잡는 것을 뜻한다는 걸."

어쩐지 이상하다고 생각됐다.

분명 태양을 등진 검사와 보름달을 등진 마법사는 대치 중인 상태인데, 그들이 바라보는 곳은 태양도 보름달도 없는 하늘이었으니까.

그게 지금의 모습이었다.

마법사들과 검사들이 대치하는 모양새지만, 결국 그림이 표현한 대로 마법사들은 제 세상을 등진 상태였고, 검사들 또한 오랫동안 살던 세상을 등졌다.

그리고 지금 그들은 같은 곳을 보는 중이다.

'할멈, 이걸 먼저 봐서 편하게 눈감을 수 있었던 거지? 할멈도 검사 사회로 넘어온 계기가 마법사와 검사의 화합을 위

해서였잖아.'

이렇게 생각하니, 그녀의 죽음이 이제 더는 슬프게 다가오지 않았다.

그녀가 주어진 일을 수행하는 파수꾼과 같은 위치로 느껴졌기 때문이다.

끝내 검사와 마법사는 화합을 이루게 될 것이니 아무런 미련도, 고통도 없이 편하게 눈을 감을 수 있었던 것이다.

'할멈…… 푹 쉬어. 그리고 할멈이 보지 못한 체스판에 남는 말의 색깔…… 내가 보고 알려 줄게.'

분명 하얀색 말은 에이머를 필두로 한 검사들까지 포함한 것일 터다.

그리고 검정색 말은 당연히 사일러드와 그가 부리는 신물이 된다.

가렌트는 퀼트도 미처 보지 못하고 떠난 것을 살아서 직접 자신의 눈으로 확인할 수 있다는 생각에 기뻤다.

'일부러 나를 위해 남겨 둔 거라고 생각할게. 나중에 내가 죽어 저승에 갔을 때 할멈을 만나면 체스판 끝에 뭐가 남았는지 상세하게 들려주지. 꼭 약속할게.'

모든 의문이 풀린 가렌트는 퀼트가 남긴 세 장의 종이를 고이 접어서 주머니에 넣었다.

'가보로 남겨야겠군. 역사적인 그림이었잖아.'

역시, 퀼트는 미쳐 버린 할머니라고 해도 예언이 틀리는 법이 없었다.

가렌트는 이제 홀가분한 마음으로 에이머의 보주화를 살폈다.

그런데 아직 새로운 세상이 만들어질 기미가 보이지 않았다.

"드레드."

"네! 가렌트 님."

"너도 트레샤 가주한테 배웠으니, 네 원소로 마검 만드는 것쯤은 할 수 있지?"

"……그렇긴 한데 그건 갑자기 왜요?"

"왜긴? 우리도 거들어야지?"

가렌트가 먼저 자신의 원소로 만든, 마검을 선보였다.

'우리'가 만든 세상

한창 위의 세계를 만드는 거사를 치르던 중이었다.

"끄으윽……."

여기저기서 마법사들의 버거운 신음이 터져 나오기 시작했다.

신음이 터진 마법사들은 2기 조각사들이었다.

'역시…… 제대로 졸업을 못 한 학생들에겐 무리였던 건가?'

그렇지 않아도 2기 조각사는 기존 조각사들과 비교하면 수준 차이가 심각했다.

1기 조각사는 에타르를 필두로, 에드, 루스, 라무스, 에밋.

이 네 가문이 모여서 결성된 비밀 조직.

즉, 가문의 마법사만 전부 긁어모은 것이다.

그것도 일개 구성 가문이 아닌, 원소를 대표하는 대표 가문의 마법사.

심지어는 가문의 마법사라고 전부 조각사에 들어갈 수 있는 게 아닌, 별도의 자체적인 검증을 끝낸 뒤에야 들어올 수 있었다.

아마 난이도로만 놓고 보면 분교가 존재하던 시절, 분교 졸업보다도 힘든 게 조각사원이 되는 것이었을 거다.

하지만 2기 조각사는 본교에서 한창 학교생활을 이어 가던 학생들이 전부를 이뤘다.

그들을 조각사가 된 이유도 타일런트는 이제 사라졌으니 성장을 억제할 필요가 없고, 오히려 새로운 적인 사일러드를 목표로 신흥 세력을 확보하기 위해서다.

그렇기에 1기 조각사와는 수준의 차이가 심각하다.

그들이 가진 마력으로는 새로운 위의 세계를 만들기에 충분한 마력을 공급할 수 없었고, 오히려 이 행위 자체가 그들에겐 내가 준비되지 않은 상태에서 비전력을 구현하는 것처럼 위험하게 다가올 수 있었다.

특히 하페르트가 유독 힘들어했다.

이마에 송골송골 맺힌 땀방울.

그리고 연신 흔드는 고개.

지금 시야가 핑 하고 돈다는 증거다.

이는 곧 번아웃이 벌써 찾아오고 말 거라는 뜻이 되기도 했다.

"하페르트!"

그의 정신을 부여잡기 위해서 내가 소리쳤다.

"네!"

대답만큼은 씩씩하게 했지만, 내 눈으로 보기에 상태가 좋지 않았다.

"그만해! 넌 그 정도면 됐어!"

"……."

하지만 그는 이번에 답하지 않았다.

입술에서 피가 날 정도로 질끈 깨물며 꿋꿋한 고집을 부리기 시작했다.

"그만하라고! 넌 할 수 있는 모든 걸 다 했어!"

"싫어요!"

당돌하게 내 지시를 거절하는 하페르트.

그런 당돌한 모습이 조금 충격적으로 다가왔다.

저 모습은 에드 분교 시절, 망나니 같던 그 당돌함과는 근본적으로 다르다.

지금 하페르트는 무언가를 꼭 이루어야 하는 간절한 눈빛을 하고 있었다.

"네 몸이 먼저야! 고집부릴 게 있고 아닐 게 있다고!"

"포기하는 삶은 버리기로 했습니다! 차라리 쓰러질게요!

쓰러져도 죽진 않는데, 포기하면 죽을 거니까요!"

"……."

그의 과거사를 알고 있기에 더욱 와닿은 말이었을까.

포기하면 죽는다.

분명히 이것은 친위대장이었던 데이먼이 노힐 가문 가주와 마법사들을 몰살했을 때를 말하는 것이다.

그때 만약, 하페르트도 그 자리에 있었다면.

데이먼에게 저항하는 걸 포기한 순간 죽은 목숨이 된다.

그렇기에 하페르트에게 포기란 곧 목숨까지 포기하는 것과 똑같은 뜻이 된 것이다.

"아무리 그래도……!"

"괜찮아요! 할 수 있어요. 할 수…… 있다고요……."

이젠 애원처럼 들릴 정도다.

그래, 네가 그렇게 원하는데.

대마법사인 내가 못 하게 하는 것도 너의 결정을 존중하지 않고 무시하는 행동이지 않냐?

나의 스승님도 사일러드에게 같은 의미로 말을 남겼다.

"대마법사는 모두를 위해야 하고 모두를 지켜야 한다."

단순히 일정 서클이 되어야 마법사로 인정하는 게 아니다.

0서클이건 9서클이건 모두가 똑같은 마법사이니 모두의

의견을 존중해야 한다.

대마법사는 마법적으로 정점에 오른 자에게 주어지는 칭호일 뿐, 권력을 휘두르기 위한 것이 아니니까.

"그래, 네 뜻이 그렇다면. 차라리 쓰러져."

그 말이 너무 반갑게 다가왔다.

바로 내가 가렌트에게 처음 본격적인 검사의 훈련 방식을 시작하게 되었을 때, 가렌트가 내게 했던 말이니까.

'하페르트, 너 나중에 검사 훈련을 받아 보자. 지금 그 마인드를 평생 유지할 수 있다면, 네게도 마검사의 재능이 보일 거야.'

검사만 마검사가 되라는 법 있나?

마법을 이미 사용할 수 있는 마법사가 검술을 배우면 그 또한 마검사가 된다.

단, 그 혹독한 검사들의 훈련 방식을 견딜 수만 있다면 말이다.

적어도 내가 보기엔 하페르트는 충분히 견딜 수 있다고 판단되었다.

그렇게 시간은 계속 지났다.

익스팬로스를 집어넣은 나의 보주화는 확실히 처음 떠 있을 때와는 비교도 못 할 정도로 거대해졌지만 아직 새로운 위의 세계는 탄생하기 전이다.

'끄응…… 내 마력을 별도로 집어넣을 수 없는 상태야.'

직접 해 보니까, 어째서 초대 교장 선생님께서 사제들에게 마력을 주입하라고 한 건지 알았다.

나는 보주화만 구현하고 상황을 지켜보면 되는 게 아니었다.

비전력 보주화 유지에 익스팬로스까지 안정화시켜야 했기 때문에 별도로 내 마력을 집어넣을 수가 없다.

즉, 내 마력은 동물 농장의 울타리와 같은 것이다.

그리고 조각사의 마력이 바로 그 농장을 이루는 동물의 수다.

동물들이 이상한 곳으로 들어가지 않게, 혹은 외부의 짐승으로부터 보호하기 위해 난 울타리를 쳐서 조절해야 했고, 보주화를 끝없이 거대하게 만들기 위해 동물들인 조각사의 마력을 그대로 집어넣는 중이다.

이것을 제대로 조절하지 못하면 보주화가 그대로 터져 버려 밑의 세계에 거대한 폭발의 재앙이 찾아올 것이라는 걸, 나는 본능적으로 알았다.

지금 팽창, 증식하고 있는 이 보주화 하나 안정화하는 데에도 내 머리도 터져 나갈 것만 같았다.

이 기분, 아주 오래전에 느껴 본 적이 있다.

바로 본격적인 스승님의 제자가 되어, 대마법사 후계자 신분으로 수업을 받았던 그때와 똑같거나 지금이 더 고통스럽다.

털썩.

어느 순간, 2기 조각사 중 소수의 학생이 쓰러졌다.

몸을 덜덜 떨며 쓰러지는 것을 보니 살면서 한계치로 쏟을 수 있는 마력 전부를 쏟은 듯했다.

학생이 쓰러졌다고 해서 심란하지 않았다. 오히려 걱정스러웠다.

본교 출신인 학생까지 저렇게 번아웃으로 쓰러질 정도이니, 정말 얼마나 노력한 것인지 알 수 있었으니까.

그나마 쓰러진 사람이 하페르트가 아니라는 건 조금은 의외였다.

그렇게 다시 조금 더 지났을 때.

이젠 2기 조각사 절반에 가까운 수가 쓰러지고야 말았다.

그런데 그때, 가렌트와 드레드가 각자 가진 원소로 만든 마검을 든 채로 내 앞에 다가왔다.

"꼴이 말이 아니군. 너희들! 거기서 가만히 보고만 있지 말고 쓰러진 학생들을 옮겨!"

가렌트는 친위대원들에게 명령했다.

쓰러진 학생을 그대로 불타는 검은 반점에서 나오는 열기 그대로 맞게 하지 말고, 그늘에라도 데려가서 편히 쉴 수 있게 하라는 조치였다.

"고맙다, 가렌트. 그런데…… 왜 마검은 든 채로 와? 전쟁하러 가는 것도 아니고."

"전쟁? 할 건데, 나랑 드레드랑."

"……무슨 소리야?"

드레드의 표정도 살피니, 이게 무슨 마른하늘에 날벼락인가 싶은 표정이었다.

드레드도 지금 가렌트가 무엇을 할 생각인지 모른다는 건 분명하다.

"에이머. 네가 만든 보주화, 둠 리포졸이랑 비슷하게 적으로 인식하지 않으면 안에 들어가도 괜찮지?"

"……그렇지?"

"그럼 나랑 드레드 저 안으로 들여보내 줘."

"그런 위험한 짓을 왜 하는데?"

아무리 적으로 인식하지 않으면 안에 들어가도 괜찮다고 하지만, 지금은 상황이 너무 위험하다.

내 보주화 안에는 익스팬로스 때문에 다른 마법사의 마력을 그대로 빨아들여 끝없이 팽창, 증식 중이다.

그런 상태에 드레드와 가렌트가 같이 들어간다면 그대로 익스팬로스에 먹힐 수도 있다.

더군다나 익스팬로스는 내가 잘 아는 마법도 아니기에 어떤 문제가 있는지 모른다.

"우리도 거들 거야. 그런데 나와 드레드는 너희 마법사과 구현 방식이 똑같은 게 아니잖아? 즉, 이 상태로 우리가 저 안에서 대련할 거야. 그럼 거기서 뿜어져 나오는 마력으로 보탤 수 있지 않겠어?"

"아무리 그래도…… 그건 너무 위험해."

"아니, 해야 해. 네가 허락하지 않으면 내 멋대로 들어갈 거니까 좋게 허락하지? 이래 봬도 우리 검사야. 그렇게 쉽게 안 먹혀."

가렌트도 마법적으로 상당한 발전을 이뤘다.

그렇기에 다른 검사들처럼, 마법사들의 마법을 받지 않아도 스스로 하늘을 향해 날아오르는 것쯤은 아주 간단하게 할 수 있었다.

"……너한테 마법을 알려 준 게 이렇게 독이 될 줄이야."

그래도 너무 위험하지만, 아무리 말려도 가렌트의 표정을 보아하니 들을 생각도 없어 보였다.

"어쩔래? 네가 직접 보낼래, 아니면 내 멋대로 갈까?"

이미 답은 정해져 있지만, 굳이 나한테 이렇게 묻는 이유는 별로 특별할 것도 없을 거다.

그냥 허락해 달라는 뜻. 암만 자신이 멋대로 간다고 말은 했지만 그건 편하지 않으니까.

그러니까 걱정 말고 자신을 믿으라는 말이기도 했다.

그래, 내가 검사들의 훈련을 처음 접했을 때 검사들이 귀가 따갑고도 지겹게 강조했던 게 무엇인가?

옆에 있는 사람을 믿어라.

믿을 수 있는 사람이 있는 것만으로도 큰 힘이 되니까.

그리고 이것은 에타르가 살아 있을 적에 마지막으로 내게 남겼던 말과 똑같다.

“대신, 뭔가 이상한 게 느껴지면 바로 탈출해.”

“물론이지.”

난 드레드와 가렌트를 공중으로 올렸다.

“가렌트 님…… 제가 가렌트 님과 대련이라니요!”

역시 내 예상대로, 가렌트는 드레드에게 아무런 설명 없이 일단 데리고 오고 본 것이다.

“시끄러워, 이 자식아! 7급이었던 네가 무려 대검사인 나와 대련하는 영광스러운 기회인데, 싫어? 내려갈래?”

“……아무리 그래도 아르키스 님이 위험하다고 하셨잖아요!”

드레드는 가렌트와 달리 꽤 신중한 성향의 소유자였다.

‘이상하네, 원래 대지 원소사는 트레샤 같은 녀석들이 많은데.’

트레샤는 기분대로 움직이는 성향이 강했다.

그리고 에드 분교, 본교까지 거치면서 본 대지 원소사들도 전부 그랬다.

하지만 드레드는 태생이 마법사가 아닌, 검사 생활을 하다가 마검사가 되었기에 성향이 다른 걸까?

저런 대지 원소사도 꽤 신선했다.

가렌트는 드레드의 말을 무시하고 한마디만 남겼다.

“너, 이번 일만 훌륭하게 매듭지으면 바로 내 후계자로 점지한다.”

“……예? 아니! 다른 친위대원 선배님들도 계신데 제가 감히요? 반발을 어떻게 감당하시려고요!”

7급 검사였던 그가 한순간에 9급 수준인 대검사 후계자.

왜 저런 파격적인 조건을 걸었는지, 난 적어도 조금 알 것만 같았다.

“뭐! 재들도 아니꼬우면 마검사가 되라고 하면 되잖아. 마검사도 아닌 것들이 반발하면 어쩔 건데!”

‘그래, 그렇지. 마검사라는 이유 하나만으로도 후계자 자격은 충분하지. 게다가 드레드는 초급 검사도 아닌 7급이잖아?’

어느덧 그 둘은 내 보주화가 손에 닿을 수 있는 거리까지 도달했다.

“시끄럽게 쫑알대지 말고 얼른 들어가서 일이나 보고 와!”

난 그 한마디를 남기며 둘을 보주화 속으로 밀어 넣었다.

‘부족한 부분…… 꼭 부탁한다, 가렌드.’

그러면서 간절히 기도했다.

가렌드는 드레드와 가렌트를 합쳐 둘을 동시에 부르는 별명 같은 거다.

물론, 방금 지었다.

둘 이름을 하나하나 또박또박 부르기 힘들 정도로 나도 상태가 좋지 않았으니까.

쿠구구구궁—!

그 둘이 들어가자마자, 보주화에서 거대한 힘이 느껴졌다.

'……이거 뭔가 다른데?'

난 여태껏 살면서 단 한 번도 느껴 본 적 없는 묘한 기분을 느꼈다.

존재하는 모든 원소 마법은 통달한 나인데도 처음 느껴 보는 이 기분.

'이게…… 세상이 완성되는 과정인가?'

정확히 뭐라 표현해야 할지 모를 느낌이다.

머리가 갑자기 뻥 뚫리면서 머릿속을 통해 뭔가가 보이려는 듯하다고 해야 할까?

보통 눈을 감으면 아무것도 보이지 않는 검은 배경만 보인다.

그런데 지금 내가 느끼는 것은 눈을 감고 있음에도, 그 검은 배경이 서서히 걷히면서 무언가가 보이려는 듯하는 것이다.

연극에서 장막이 걷히고, 조명이 밝아지면서 서서히 무언가가 드러나는 현상.

그게 내 머릿속에서 일어나고 있는 중이다.

'가렌트랑 드레드는 저 안에서 어떤 특별한 대련을 이어가는 중인 걸까? 그 둘이 들어가자마자 그런 기분이 들었어.'

둘은 일반 마법을 구현하는 방식이 일반 마법사와 다르다.

몸과 마음을 차분히 하는 마법사들의 마법 구현 방식이 아닌, 오히려 몸을 활발히 움직이면서 힘을 써야 마법이 발현되는 독특한 방식.

둘이 들어가서 대련한다고 했으니, 대련은 하고 있을 텐데.

그 강도가 내가 생각한 것보다 훨씬 심한 것으로 보였다.

'그래도…… 부탁한다, 가렌드. 너희 둘 덕분에 완성될 수 있는 기분은 확실히 들어.'

아직은 부족하지만, 이 둘이 안에서 강한 힘을 내는 대련을 지속하고 있다면 곧 세상이 완성될 거란 확신이 들었다.

'안에서…… 다른 뭔가가 느껴진다. 이건 뭘까?'

한편, 에이머의 보주화 속에 쉬지 않고 마력을 집어넣고 있던 델세르.

그녀가 구현하는 마법은 다른 것이 아닌, 계속 연습 중이었던 비전력을 연습하기 위한 둠 리포졸 변환이었다.

에이머의 보주화 속에 둠 리포졸 하나를 덩그러니 구현해 놓고 계속해서 원소를 차례대로 바꾸는 중이었다.

늘 하던 것이지만 그래도 아직 자유자재로 다룰 수 있는 상태는 아니기에, 어느덧 이마와 등줄기에서 땀이 흐르는 게 느껴졌지만 포기하지 않았다.

그러던 중에 가렌트와 드레드가 에이머의 보주화 속에 들어간 것을 봤고.

그 둘이 들어간 직후 에이머의 마력이 아닌 뭔가 이질적인 것들을, 델세르는 느꼈다.

'이상해……. 둘의 마력을 이질적으로 느낄 이유가 없는데…….'

정확히 말하면, 기분 나쁜 마력이라기보단 새로운 뭔가가 느껴졌다.

아마 에이머가 느끼고 있는 것과 비슷한 느낌일 테지만 그에 비하면 미숙한 델세르이니 알 리가 없었다.

평소엔 잘 알고 있는 것들인데 계속 생각나지 않으면 답답해지기 시작하면서 머리가 따가워진다.

분명히 어려운 문제도 아니고 언제고 물으면 즉각 답할 수 있는 그런 간단한 문제인데도 유독 그럴 때가 있지 않은가?

갑자기 생각이 안 나서 '아, 그게 뭐였지?' 하는 것들.

그러다가 갑자기 그 답이 생각나면, 개운함을 느낀다.

지금 델세르가 느끼는 개운함은 그와 비슷한 것이었다.

'이게 왜 여기에서 느껴지는 걸까…….'

델세르는 이것을 그냥 넘기지 않고, 더욱 집중하며 생각했다.

이미 에이머의 보주화 속에서 트레샤, 알프릭 그리고 보주화를 구현할 줄 아는 에드 가문의 마법사들의 보주화까지 서로 다른 원소를 가진 상당히 많은 수의 보주화들이 불안하게 떨리고 있음을 느끼고 있었다.

그런데 유독 그 보주화들의 상태에 집중하고 있노라면, 불현듯 찾아온 청량함이 더욱 배가 되는 느낌이었다.

'이 청량함…… 이건 새로운 마법을 익혔을 때나 찾아왔던 것이잖아.'

홀로 250년 동안 은거하며 마법을 익혔던 나날들.

처음 혼자서 마법을 차근차근 익힐 땐 그야말로 답답한 데다 암울하기까지 했다.

도대체 어떻게 해야 빨리 익힐 수 있는 건가?

쉽게 익힐 수 있는 방법은 없는 건가?

아니, 내가 익힐 수 있는 마법들이 맞긴 한 걸까?

옆에서 알려 주는 사람 없이 홀로 책만 보고 수련하던 것들이었기에 그런 판단이 쉽게 서지 않았다.

새로운 마법을 접할 때마다 델세르는 늘 그런 답답함을 느꼈는데, 많은 시간을 투자해서 겨우 익혔을 때 바로 이 청량함이 찾아왔다.

'그러니까 이런 상황에서 왜 그게 느껴지냐고…….'

최근에 발을 들인 마법이라곤 보주화뿐.

델세르는 문득 어떤 생각이 들었다.

'설마 이 신호가……?'

청량함은 이내 자신감과 호기심으로 바뀌었고, 델세르는 새로운 마법을 구현하는 게 아닌, 둠 리포졸 그 자체를 보주화로 변환시키는 시도를 시작했다.

원소를 변환하는 유나이트.

플레우드는 거기에서부터 시작이라고, 에이머가 그 마법을 알려 줬을 때 말했다.

하지만 델세르가 생긴 호기심은 이랬다.

'과연 원소만 변환하는 게 끝일까? 원소를 변환할 수 있다면, 마법도 아예 다른 종류로 변환할 수 있는 게 아닌가?'

그것을 에이머의 보주화 속에 있는 둠 리포졸을 통해 실험하기에 이르렀다.

'둠 리포졸을 보주화로 바꾼다…….'

오직 그 생각만 했다.

갑자기 찾아온 청량함이나 여러 잡생각 따위 잊고 오직 그것만은 신경 쓰고 계속 행했다.

'……어?'

그 순간 머릿속에서 섬광이 터지듯, 뭔가가 번쩍이는 느낌이 들었다.

가렌트와 드레드가 내 보주화 속에 들어가고 시간이 제법

지난 뒤였다.

안에서 느껴졌던 폭발적인 힘의 강도가 조금 약해진 것으로 보였다.

'드레드 녀석…… 지쳤나 보군.'

무리도 아니다.

아직 마검사로서 제대로 된 역량이 자리 잡기 전이니까.

아무리 마법적인 부분은 트레샤가 직접 지도를 했다고 해도, 그 기간이 너무나 짧다.

어지간한 천재가 아니고서야, 고작 일주일 배웠다고 전부를 통달할 순 없는 노릇이다.

게다가 대련 상대는 대검사인 가렌트.

마법적인 재능이나 검술적인 재능이나, 가지고 있는 재능이 가렌트 쪽이 훨씬 뛰어나니 금방 지치는 것도 당연하다.

그만큼 상대가 에누리 없이 너무 강한 탓이 컸으니까.

결국, 힘의 강도는 계속 약해져 갔고 머리가 갑자기 뻥 뚫린 듯한 그 느낌도 서서히 사라지기 시작했다.

난 본능적으로 느낄 수 있었다.

그 느낌이 완전히 사라지면 새로운 세상을 만드는 것이 실패로 돌아간다는 것을.

새로운 세상은 내게 무엇보다도 꼭 필요한 무기다.

플레우드 보주화로 만든 것이기에, 사일러드를 그 안으로 끌어들이기만 한다면 그의 무시무시함도 결국 증발하는 수

증기처럼 눈에 보이지도 않게 될 것이니까.

'안 돼……! 조금만 더 힘을 내줘, 드레드!'

가렌트가 아직 쌩쌩하다 해도 드레드에게는 그야말로 생지옥이 따로 없는 상황일 것임은 잘 이해하고 있지만…….

그래도 그를 향한 간절한 기도의 애원을 멈추지 않았다.

'제발, 드레드…… 네가 조금만 힘을 더 내면 돼.'

새로운 세상을 만드는 작업을 지속하면 할수록, 초대 교장 선생님과 그의 사제들이 얼마나 대단한 마법사였는지 뼈저리게 느꼈다.

칼리토 책 링킹을 통해 봤을 때, 그들은 큰 힘을 사용한 것 같지 않았는데 위의 세계가 뚝딱 만들어진 느낌이었으니까.

'선조가 후대보다 강한 것인가.'

물론, 그 당시 위의 세계 만들기에 동참했던 마법사는 초대 교장 선생님을 포함해 총 열두 명.

그 열두 명 전부가 플레우드였다.

'아니면…… 조각사들을 전부 끌어와도 플레우드 열두 명의 힘은 못 따라간다는 뜻인가.'

어느 쪽이 정답인지 알 수 없지만, 확률상 후자일 가능성이 컸다.

게다가 지금 이 시대의 플레우드라고 해 봤자 나를 포함해 살아남은 에밋 가문이 소수.

에밋 가문은 그 수마저도 현저하게 작다.

'그러니까 포기할 수 없는 거야, 드레드. 열두 명분의 플레우드 힘을 비슷하게나마 따라가려면…… 너와 가렌트가 필요해.'

제발 내 애원이 닿길 간절하게 바랄 뿐이다.

"일어나."

에이머의 보주화 속에서 대련을 진행하던 가렌트와 드레드.

드레드는 정말 얼마 가지 않아서 그대로 퍼졌다.

"허억…… 허억……."

드레드는 한쪽 무릎이 완전히 땅에 닿은 채로, 몸에서 힘이 쭉 빠져 버린 상태다.

예전에 에이머가 처음으로 검사들의 훈련 방식을 따라 했을 때.

가렌트는 친위대원 중 하나를 지목해서 힘이 다할 때까지 뛰게 하고는, 그 상태로 쉬지도 못하게 하고 억지로 대련을 진행한 적이 있었다.

드레드는 그때 숨을 제대로 못 쉬어서 제 가슴팍을 세게 두드렸던 검사보다도 훨씬 지친 상태가 됐다.

"일어나라고."

가렌트는 그런 드레드를 향해 오히려 매정하고도 무서운 말투로 말했다.

이건 격려나 응원이 아니라 협박으로 들릴 정도다.

“저도 일어나고 싶다고요…….”

하지만 말만 거칠 뿐, 가렌트도 드레드의 상태가 이해가 가지 않는 건 아니다.

지금 둘이 대련을 펼쳤던 장소의 특수성 때문이다.

에이머의 보주화 속에는 정말 각양각색의 마법들이 주위에 휘몰아치는 중이다.

눈보라를 넘어 아예 빗줄기가 얼음으로 된 폭우.

용암, 칼바람, 바닥은 발이 푹푹 꺼지는 모래까지.

조각사들이 각자 가진 마력을 현재 에이머의 보주화 속에 때려 박는 중이기에 이런 재앙과 같은 현상이 일어나는 것이었다.

그렇기에 그 마법의 중심에 있는 두 마검사, 가렌트와 드레드가 받는 부담은 상상도 할 수 없었다.

가렌트조차도 버티는 게 슬슬 힘에 부칠 정도니 드레드가 조금이나마 버티며 대련을 진행한 건 경이롭다 할 수 있었다.

마법에 휘말리지 않기 위해 버티면서 대련을 진행해야 하는 특수성에 놓였으니 드레드가 검사인데도 의아할 정도로 금방 지친 것도 이해가 됐다.

"가렌트 님……."

드레드는 정말 일어나고자 하는 의지가 가득하다는 걸 애처로운 목소리로 전하는 중이었지만…… 안타깝게도 몸이 말을 듣지 않는 상태에 빠져 버렸다.

현재 드레드의 상태를 딱 한 단어로 정의하자면.

산송장.

그것 말고는 적당한 단어가 아무것도 떠오르지 않을 정도였다.

이대로 포기할 수도 없고 가렌트도 어떻게 해야 할지 판단이 서지 않는 상황에서 기댈 수 있는 사람은 드레드밖에 없으나, 불행히도 드레드는 더는 가망이 없어 보였다.

목숨을 잃는 건 아니지만, 지친 저 몸으로 이 안에 계속 있으면 절대 회복될 수 없다는 것쯤은 눈에 쉽게 보였다.

"후우……."

가렌트가 답답함에 홀로 한숨을 내쉬며 시선을 돌렸을 때다.

"……저게 뭐냐?"

허공에 떠 있는 둥근 플레우드 구체 하나.

가렌트가 처음 이곳에 입장했을 때 분명히 저 자리에는 색이 그러데이션으로 변하는 둠 리포졸 하나가 있었다.

'그런데 지금은…… 플레우드 구체?'

마력이 다해서 둠 리포졸의 형태를 잃은 걸까?

그 생각이 잠시 들었지만, 그건 아니라는 걸 알 수 있었다.

마력이 다했으면 저 구체도 사라져야 정상이니까.

그런데 분명하게 플레우드 구체가 당당히 떠 있는 데다 심지어 기본 원소 구체가 아니었다.

가렌트의 눈에 아주 익숙한 구체였다.

'보주화잖아……? 플레우드 속에 또 다른 플레우드 보주화? 에이머가 또 만든 건 아닐 테고. 누구야……?'

에이머의 보주화와 비교하자면 크기도 상당히 작고 위력도 없어 보이는 보주화지만, 분명하게 플레우드 보주화 하나가 떠 있었다.

가렌트는 새롭게 떠오른 플레우드 보주화를 보고 한 가지 생각이 들었다.

'드레드가 몸을 움직일 수 없으니 나만이 이 안에서 움직일 수 있다. 그럼…… 저걸 이용해 볼 수도 있는 거 아닌가?'

정답도 확신도 아무것도 없지만, 그렇다고 손 놓고 가만히 있을 수도 없는 노릇이다.

가렌트는 뭐라도 해 보겠다는 마음으로 마검을 단단히 잡았다.

그리고 드레드에게 말했다.

"드레드, 여기에서 나가."

"……네?"

그러나 드레드에겐 그 말의 뜻이 그렇게 와닿지 않았다.

가렌트의 표정이 한껏 굳어졌으니 자신에게 실망했다는 뜻으로 들렸다.

더군다나 여기로 들어오기 직전, 가렌트가 직접 한 약속도 있지 않았던가?

제대로 잘 처리만 되면 대검사 후계자로 점지하겠다는 그 약속.

하지만 드레드는 결국, 역량이 부족해 일을 제대로 끝마치지 못했으니 자연스럽게 후계자 약속도 저 멀리 사라졌다는 뜻으로 들려, 상실감이 파도처럼 밀려왔다.

"네가 있으면 방해된다."

가렌트가 그런 드레드 앞으로 다가왔다.

에이머가 새로운 위의 세계를 만들기 위해 구현한 보주화에는 다른 보주화와 조금 다른 점이 있다.

바로 내부에 포털 같은 것이 생겼다는 점이다.

둥근 보주화 내부에는 통로처럼 보이는 균열이 존재했다.

가렌트는 에이머의 계획대로 위의 세계가 온전히 완성된다면 다른 주인 없는 위의 세계를 연결하는 통로도 마음대로 놓을 수 있게 될 거라는 걸 잘 알고 있다.

따라서 지금 보주화 속에 생긴 통로는 그것의 일환으로, 바깥과 보주화 속을 자유자재로 오갈 수 있는 길인 셈이다.

실제로 가렌트와 드레드는 저 균열을 통해 보주화 속으로 들어왔다.

"드레드, 못 일어나겠지? 여전히."

"……네."

"별수 없군."

가렌트는 그렇게 드레드의 옷깃을 잡아끌며, 균열 앞까지 당도했다.

"밑에서 기다리고 있어."

"예?"

그 한마디만 남긴 채, 드레드의 몸을 발로 밀어 균열 밖으로 보냈다.

"자, 잠깐만요! 가렌트 니이이이임!"

드레드는 강제로 퇴출당한 느낌이 들어 절규의 외침을 내질렀지만, 그마저도 얼마 지나지 않아 완전히 들리지 않게 되었다.

이미 몸이 보주화에서 멀어져 버린 것이다.

그렇게 혼자 남은 가렌트는 중얼거렸다.

"조용하군."

주위에서 각종 마법이 시끄러운 소리를 내며 여전히 자신을 괴롭히고 있지만, 적어도 사람 목소리는 하나도 들리지 않으니 그렇게 말한 것이다.

가렌트는 새롭게 떠오른 플레우드 보주화 앞에 섰다.

"에이머의 것은 분명하게 아니다."

앞에 서니 확실히 느껴지는 게 달랐다.

새로운 보주화와 가까워지니 안에는 강한 중력이 뿜어져 나오는지, 가렌트의 몸도 까딱하면 안으로 빨려 들어갈 것 같은 느낌이 들었다.

그리고 이는 가렌트의 착각이 아니었다.

실제로 주위에 있는 마법들, 누구의 것인지 모르는 마법들이 새롭게 떠오른 플레우드 보주화 속에 서서히 빨려 들어가는 중이었다.

"플레우드는 유(有)를 무(無)로 돌린다고 했으니까."

가렌트가 앞으로 할 계획은 단순하다.

바로 이 플레우드 보주화를 마검으로 치는 것.

플레우드에는 존재하는 것을 없는 것으로 돌리는 힘이 있으니 가렌트는 그 힘을 상대로 버티면 된다.

그렇게 되면 서로 다른 힘이 부딪치니, 드레드와 대련할 때처럼 위의 세계를 만드는 데 도움을 주는 마력이 나오지 않을까 하는 혼자만의 추측이었다.

"어차피 정답도 모르는 거, 혼자 해 보는 것밖에 없어. 드레드는 이미 가망이 없는 상태니까."

이대로 물러서고 싶은 마음이 들지 않은 게 가장 컸다.

자신만은 움직일 수 있으니까 혼자서 뭐라도 하고 싶은 마음.

가렌트에겐 그것만 남아 있기에, 이런 결정을 내린 것이다.

그는 자신의 원소로 만든 바람 원소 마검을 단단하게 잡고 누구의 것인지 모를 플레우드 보주화를 향해 힘껏 내리쳤다.

"끄윽……!"

역시나 가렌트의 예상이 맞았다.

보주화의 표면에 자신의 마검이 닿자마자 새로운 플레우드 보주화는 마검을 끌어당기려 했고, 심지어 검날 끝의 형체가 조금 사라졌다.

'버틴다.'

흡수되지 않기 위해 몸에 더욱 큰 힘을 주며 안간힘을 냈을 때.

파앙!

소멸시키려는 힘과 버티려는 힘이 충돌되면서 작은 폭발이 일었다.

"끄윽……!"

가렌트의 몸은 조금 밀려 났고, 그의 마검은 절반 정도 형체가 사라졌다.

가렌트는 다시 마검을 온전하게 만들고 계속 똑같은 행위를 반복했다.

'의미가 없는 일이라고 생각하지 않는다. 내가 지금 할 수 있는 건 이것밖에 없다.'

어느 명인의 대장장이가 빨갛게 달군 철을 몇백 번 혹은 몇천 번을 쳐서 명검을 만들어 내듯, 가렌트는 그런 보주화를 계속 마검으로 쳤다.

그 힘이 모이고 모여서 에이머가 새로운 세상을 만들 수만 있다면, 그것으로 됐으니까.

어느덧 가렌트의 몸도 땀으로 흠뻑 젖었다.

근육 표면에 땀으로 이루어진 막이 생긴 것같이 상당히 불쾌한 촉감이었지만, 그래도 가렌트는 포기하지 않고 계속 쳤다.

그렇게 10분이 조금 넘도록 반복하던 순간이었다.

번쩍—!

섬광이 한 번 터지고 가렌트는 잠시 눈을 가리며 감았다.

황급하게 다시 눈을 떴을 땐.

"……다 어디 갔지?"

정말 '아무것도' 없는 곳이 되었다.

주위에 깔려 있던 각양각색의 원소 마법도.

새로운 플레우드 보주화도.

그리고 그가 들고 있던 바람 원소의 마검까지.

투명한 곳에 홀로 떠 있는 상태가 되었다.

내 보주화 안에서 계속 느껴지던 힘들.

그 힘들이 상상의 원동력이 되듯이.

힘이 강해질수록 뻥 뚫린 느낌은 더욱 강해졌다.

그러다가 내 보주화 속에서 또 다른 강력한 마법이 느껴졌다.

새롭게 나타난 강력한 마법.

그리고 또 곧장 생겨나는 강한 힘들.

그 과정에서 드레드가 내 보주화 속에서 나와 내 옆에 섰다.

그는 연신 침울한 표정이었는데, 지금 내가 신경 쓸 것은 아니었다.

도대체 안에서 어떤 일이 일어나기에 계속 이런 기분을 느끼는 걸까?

그래도 모처럼 찾아온 기회라고 생각하고 난 그것을 계속 주시했다.

그러다 어느 순간.

산 정상에 선 것처럼, 머리가 시원한 느낌이 들더니 뻥 뚫리는 느낌도 사라졌다.

"……아르키스 님, 저거."

그 느낌이 사라지자마자 내 옆에 있던 드레드가 하늘을 보며 믿을 수 없다는 목소리로 말했다.

"……이게 된 건가?"

그곳엔 분명하게, 기존 두 개의 위의 세계와 똑같이 생긴

위의 세계가 하나 더 생성되어 있었다.

"됐…… 됐다! 된 거죠? 아르키스 님!"

새로운 위의 세계의 모습에 흥분한 것은 드레드만이 아닌, 조각사들도 똑같았다.

그들은 새롭게 떠오른 위의 세계를 보자마자 즉시 마법 구현을 중단했다.

"하아…… 진짜, 힘들어 죽는 줄 알았네!"

스파클은 곧장 주저앉으며 기진맥진한 상태가 되었고.

"이게…… 우리의 결과물?"

특히 2기 조각사들은 얼떨떨한 반응을 감추지 못했다.

그리고 동시에 난 새로운 시야를 얻었다.

'가렌트…….'

정확히 말하면 눈을 통해 보이는 게 아닌 머릿속에서 링킹을 당한 것처럼 어떤 시야가 생겼는데, 그 속으로 정말 아무것도 없는 허공에 가렌트 혼자 떠 있는 모습이 생생하게 보였다.

가렌트가 현재 있는 곳은 본래 내가 만들었던 보주화 속.

그런데 그 전에는 보이지 않았던 것이 갑자기 보였다는 것은 단 하나만을 의미했다.

새로운 세상이 만들어졌고, 내가 그 세상의 주인이 됐다는 것.

"다들…… 수고했다."

난 곧장 마법사 하나하나의 상태를 살피며, 머리를 쓰다듬어 줬다.

지금 이 자리에 모인 마법사는 서클에 상관없이 전부가 공통적으로 지친 모습이다.

알프릭과 트레샤는 희미하게 웃음소리를 내고 있었지만, 저 둘이 저렇게 지친 모습을 보는 것도 내가 환생하고 나서는 처음이었다.

그 둘은 주저앉아 고개를 숙인 채였다.

그렇게 내가 하나하나 마법사들에게 고맙다는 말과 함께 수고했다는 말을 전하고 있었을 때.

델세르의 차례가 됐다.

그녀는 다른 마법사와 달리 멍한 표정으로, 혼이 완전히 나간 모습이었다.

"왜 그래, 델세르?"

"……아, 아니에요. 뭔가 해낸 거 같아서요."

"그럼, 해냈지. 다 너희 덕분이야."

중간에 마법사들이 포기했다면 절대 만들 수 없었던 새로운 위의 세계.

그들이 포기하지 않고 무조건 주어진 조건을 완수하겠다는 생각 하나만 가지고 임했기에 그곳을 만드는 것이 가능했다.

그래서 마법사들의 상태를 살피며 고맙다고 말한 이유가 바로 그것이다.

그런데 델세르는 여전히 멍한 표정이다.

"아니…… 해낸 게 그게 아니라…… 음…… 뭔가 새로운 걸 터득한 거 같은데……."

"……새로운 거?"

"네. 보주화…… 분명히 제가 구현한 거 같거든요? 근데 두 눈으로 확인할 수가 없으니 확신을 못 하겠네요."

"……."

나도 위의 세계를 만들면서 계속 느껴졌던 새로운 강한 마법.

설마, 그게 델세르의 보주화였다는 것인가?

역시나 내가 직접 본 것은 아니기에 나도 확답할 수 없었다.

"조금 쉬고 나서…… 다시 연습해 보면 되겠죠? 지금은 너무 지쳐서……."

이젠 그래도 제정신으로 돌아왔는지, 델세르의 입에서 일단 쉬고 싶다는 말이 먼저 튀어나왔다.

"그래, 나중에 확인해도 늦지 않잖아. 정말 터득한 게 맞다면."

나도 그 부분을 직접 확인하고 싶었지만, 역시나 일엔 순서가 있는 법이다.

마법사들은 각자 주어진 일을 완수했지만, 나는 그렇지 않았으니까.

난 이제 새롭게 떠오른 위의 세계 밑에 섰다.

저 안에 있는 가렌트를 데리고 올 겸, 내가 직접 새롭게 만들어진 위의 세계를 눈으로 확인하는 것.

그것이 이제 내가 해야 하는 일이었다.

'저 세상의 주인은 이제 나. 분명히 칼리토 책에서 본 설명이나 링킹에 의하면, 새로운 세상 안에서는 모든 게 내 마음대로 돼.'

기존의 우리 마법 사회와 검사 사회가 있었던 위의 세계에선 웨이 포인트에서 만든 포털을 이용해야만 해당 세계로 넘어갈 수 있었다.

그 이유는 바로 우리가 그 세상을 만든 주인이 아닌 불청객이기 때문이다.

그래서 타인도 자유자재로 오갈 수 있도록 선조들이 먼저 길을 만들어 놨고, 우리 후대들은 그 길을 그저 이용했을 뿐이다.

하지만 이제 새롭게 만들어진 위의 세계는 내가 주인이니 왕래도 내 마음대로다.

검사의 거리 입구와 마법사의 입구를 서로 허물고, 마음대로 왕래할 수 있도록 한 것과 똑같은 상태였다.

'자, 어떻게 가면 되려나?'

그저 그 생각만 했을 뿐인데, 내 앞에는 플레우드의 색을 띤 포털이 열렸다.

마치 새롭게 만들어진 위의 세계가 내 머릿속을 엿보고 있다가 내 생각에 맞춰 포털을 열어 준 것처럼.

'어서 오십시오, 이거냐?'

기쁘면서도 얼떨떨한 순간이다.

나만의 세상을 가지게 되다니.

그것이 정말로 실현되니, 현실감이나 성취감 그 무엇도 느껴지지 않았다.

'아…… 아니, 나만의 세상은 아니지. 이건 우리가 만든 세상이니까.'

새로운 위의 세계는 조각사들이 없었다면 절대 만들 수 없던 것.

조각사들의 도움이 있었기에 가능했다.

그렇기에 이것은 순전한 '나'라는 개인의 세계가 아닌 '우리'의 세계다.

'역시, 나라는 개인은 약하지만 우리는 강하다. 그 말이 옳았다.'

처음으로 검사 의회에서 조각사들과 검사들을 모아 놓고 내가 했던 말이다.

내 생각은 절대 틀리지 않았다는 것을 느끼게 해 주는 순간이다.

난 그렇게 포털 속으로 발을 밀어 넣었다.

과연 우리의 세계는 어떤 모습일까?

끝을 향해서

포털을 통과하자.

드디어 우리가 만든 세계가 나를 반겼다.

“에이머.”

이미 내 보주화 속에 있었던 가렌트는, 보주화가 하나의 세상으로 변하면서도 몸은 온전히 보전되어 있었다.

나도 처음 접하는 마법이기에 어떤 위험이 있는지 알 수 없다며 그가 들어가는 것을 만류했지만.

결과적으로만 놓고 본다면 내 걱정은 기우에 지나지 않았다.

다만, 가렌트는 지금 평소와 달리 상당히 지친 모습이었고 땀으로 샤워를 해도 될 정도로 몸이 끈적한 액체에 흠뻑 젖어 있었다.

그런 가렌트가.

내가 위의 세계에 도착하자마자 나를 반겼다.

"몸이 영 안 좋아 보이는데?"

"그냥 지쳤을 뿐이다. 아무렇지도 않아."

그는 답하면서 괜스레 팔에 힘을 잔뜩 주며, 우람한 근육을 선보였다.

정말 괜찮다는, 몸의 언어다.

"다행이네."

그렇게 우리 둘은 나란히 서서 새로운 위의 세계를 감상했다.

위의 세계는 정말 '아무것도' 없는 곳이다.

땅도, 하늘도, 어둠도, 빛도.

그저 투명한 플레우드가 사방을 전부 채웠다고 하는 게 옳을 정도로 황량하며 드넓은 세계였다.

"이게…… 새로운 세상이 나타났을 때의 첫 모습인가."

허공에 두둥실 떠 있다고 보는 게 맞는 표현이다.

"우리가 새롭게 시작하는 곳치고는…… 너무 황량한 거 아니야? 네가 만든 세상이잖아. 뭐라도 좀 채워 넣어 봐. 이래 가지곤 그냥 황무지를 만들었다고 보는 게 맞는 것 같다."

확실히, 가렌트의 말이 옳았다.

지금 모습으로만 보면 웅장함이 느껴지는 새로운 세상이

라기보단, 누군가가 버리고 간 황무지에 지나지 않는다.

그래도 가렌트의 말 중 틀린 것이 있으니.

바로 내가 만든 세상이 아니란 거다.

"내가 만들긴 우리가 만들었지."

"우리라……. 저번에 검사 의회에서 말한 거 그대로 인용한 거냐?"

"그런 셈이지. 너도 공로가 꽤 크잖아? 너 아니었으면 더 힘들었을 거야. 어쩌면 실패로 끝날지도 모를 일이었고."

진심이다.

가렌트가 직접 몸 던져서 힘 써 주지 않았다면 분명히 결과가 좋진 않았을 거다.

"나도 드레드가 퍼져 버리는 바람에 난해했는데, 새로운 플레우드 보주화가 갑자기 떡하니 생기더라고. 그거 덕분에 할 수 있었지."

"……새로운 플레우드 보주화?"

생각해 보면, 가렌트는 나와 달리 이 안에서 계속 있었던 사람.

가렌트가 헛것을 봤을 리는 없으니. 그의 눈이 정확하다.

"응. 누구의 보주화인지는 모르겠는데, 처음엔 분명 둠 리포졸이 있었던 자리거든? 그런데 어느 순간 보주화로 변해 있던데? 물론, 크기나 위력은 네 보주화에 비교하면 한없이 약하지만."

가렌트의 설명을 듣고. 난 피식 웃음이 나왔다.

'델세르…… 여기까지 해냈구나?'

새로운 플레우드 보주화를 성공할 수 있는 마법사는 델세르밖에 없으니까.

플레우드 보주화는 플레우드가 만들어야 한다.

그런데 밑의 세계에서 한창 위의 세계 만들기에 가담했던 플레우드라고 해 봤자 생존한 에밋 가문인 바이스, 리프, 델세르가 전부인데.

이 셋 중 제일 멍한 표정을 보였던 건 델세르.

자신도 보주화를 구현한 것 같은데, 직접 볼 수 없었으니 모르겠다고 하지 않았던가?

즉, 제대로 구현한 게 맞다.

"그런데 새로운 플레우드 보주화 덕분에 성공했다는 건 무슨 소리야?"

내가 묻자 가렌트는 설명했다.

그 플레우드 보주화를 보고 무슨 생각을 했는지, 그리고 혹시 이렇게 하면 도움이 될지.

이런 생각 하나만 가지고 무모하게 플레우드 보주화를 내려치는, 그야말로 미친 짓을 당당하게 해냈다고.

"그러다 휘말리면 어쩌려고 그랬냐……?"

대견하면서도 걱정스러웠기에 내 반응은 시원치 않았다.

"결과만 좋으면 된 거 아냐? 아무튼, 뭐라도 좀 만들어 보

라니까? 우리가 만든 세상이잖아?"

가렌트는 그 주제를 어서 벗어나자는 듯이, 자연스럽게 말을 돌렸다.

우리는 다시 공허한 새로운 세상을 쳐다봤다.

확실히 아무것도 없는 이 세상.

우리가 만들었지만, 애석하게도 그 주인은 나이다.

그 말의 뜻이 무엇이냐.

내 말만 듣는 세상이란 것이다.

원하는 것을 만들 수 있고, 마음대로 풍경, 날씨도 바꿀 수 있는 권한을 가진 마법사는 나뿐이다.

"어떻게 바꿔야 하는 걸까, 이 세상은?"

나는 기존에 알고 있던 마법이 아닌, 칼리토 책에서 본 마법을 갑자기 익힌 것이기에 그 활용법을 제대로 몰랐다.

'어차피 모든 마법은 상상에서 나오는 거니까…….'

고민하던 나는 문득 이런 생각을 해 봤다.

화산인데 용암이 아닌 물이 나오는 화산이 존재할 수 있을까?

정확히 그 생각을 마친 순간.

쿠구구궁—!

세상은 요란한 소리를 내더니, 높은 산봉우리를 가진 산 하나를 뚝딱 만들어 냈다.

"……뭐야? 어떻게 한 거야?"

"……그냥 상상했는데 갖다주는 느낌인데?"

가렌트도, 나도 당연히 어안이 벙벙할 수밖에 없었다.

내가 상상한 것은 물이 나오는 화산.

아니, 물이 나와야 하니까 화산이 아니라 수산(水山)이라고 불러야 할지도 모른다.

새롭게 생긴 화산은 내게 '네가 원하는 게 이거지?'라고 말이라도 하듯, 산봉우리가 터져 나갔다.

화산이 폭발할 때와 똑같은 현상이다.

하지만 그 안에서 나오는 건 손이 닿으면 녹아내릴 듯한 열기를 가진 용암이 아닌 분수였다.

"……야! 이게 뭐야! 화산에서 왜 분수가 나와!"

"아, 내가 한 상상이 '분수가 나오는 화산이 있을까?'였거든……."

화산은 계속해서 분수를 뿜어냈다.

'이런 방식으로 세상을 하나씩 채워 나가는 걸까?'

그러면서 내가 이런 화산이 두 개였으면 좋겠다고 생각하는 순간 분수를 뿜는 화산 옆에 똑같이 생긴 화산이 솟아올랐다.

'저건…… 분수가 아니라 빛이 뿜어져 나오는 화산.'

역시나, 누군가가 보이지 않는 것처럼 주문이라도 받는 듯이 새롭게 솟아오르는 화산에서는 빛의 광선이 뿜어져 나왔다.

"푸흐흐……."

가렌트는 이런 이상적인 현상에 실성한 듯이 웃었다.

"눈으로 보고 있자면 웃기긴 한데, 어쨌든…… 저런 이상한 것들이 가능하다는 건 위의 세계가 온전히 만들어졌다는 거겠지?"

"응. 그렇겠지. 그러니까 내가 여기로 별도 포털도 없이 올라올 수 있었던 거고."

"그럼 됐어. 성공하면 된 거지, 뭘 더 바라니?"

가렌트는 이제 주저앉았다.

"에이머야, 그래도 땅은 좀 만들어 줘라. 허공에 뜬 느낌이라서 몸이 붕 뜬 것 같아. 이 이질적인 느낌이 싫어."

가렌트는 내게 그것만은 간곡히 요청했다.

하기야, 힘의 원천이 땅이라는 말이 있는 검사인데.

이런 허공에 뜬 느낌이 익숙할 리는 없을 거다.

난 가렌트의 주문대로 황야를 생각했다.

그러자 우리 주위의 배경이 전부 황야로 깔렸다.

아무것도 없는 곳에 하나둘씩 무언가가 생기기 시작했고.

땅이라는 지지대도 생겼다.

"이제야 조금 살 것 같네."

가렌트는 그대로 대자로 누워 하늘을 보며 만끽했다.

"에이머, 저 하늘은 뭐로 채울 거냐?"

"음, 생각나는 건 없는데."

"이거 어때?"

그리고 그는 품에서 그림 하나를 건네줬다.

보름달이 뜬 곳 밑에는 마법사 복장인 로브를 뒤집어쓴 무리가, 그들과 대치한 태양 밑에 선 검사들의 복장을 한 자들이 있었지만 그들은 서로를 보지 않고 시선이 다른 곳으로 향했다.

바로 아무것도 없는 하늘을 향해서.

"그 하늘 그대로 네 세상에 만드는 건 어떠냐?"

"이 그림…… 뭐야?"

"아, 내가 전에 말했지. 퀄트 할멈의 예언이 검사 사회에도 지대한 영향을 끼쳤다고."

"생각난다."

"그 그림은 할멈이 죽기 전에 남긴 거. 그리고 무슨 예언인지 알았어."

가렌트는 그러면서 나와 조각사들이 새로운 세상을 만들 때의 모습을 보고 확신할 수 있었던 것들을 설명했다.

제 세상을 등진 사제들이 새로운 하늘에 자기만의 세상을 건설하는 것.

가렌트는 그렇게 해석했다고 한다.

그리고 그 사제들은 바로 마법사와 검사 무리다.

처음 그 그림을 접했을 때만 해도 가렌트는 검사와 마법사가 전쟁을 하게 될 거라고 믿었지만, 사실 퀄트가 전하고자 한 것은 검사와 마법사가 손을 맞잡고 자신들만의 새로운 세상을 건설하는 것이었다고 설명했다.

나도 모든 정황을 듣고 나니, 그의 해석이 옳다는 생각이 먼저 들었다.

"이것도 완벽히 옳은 건 아니겠지만, 난 적어도 그렇게 믿는다. 설령 무언가가 틀렸다고 해도, 내 믿음은 절대 바꾸지 않을 거야."

가렌트가 말했다.

만약 내가 다른 생각을 가지고 있어도, 절대 이것에 한해서는 내 말을 듣지 않겠다는 굳은 의지로 보였다.

"아니, 네가 해석한 게 맞아."

"……왜 그렇게 확신해?"

"퀼트는 분명히 본 거야, 우리 손으로 새로운 세상을 만드는 것을. 내 스승님도 그랬으니까."

스승님이 나를 처음 봤을 때, 내가 비전력으로 만든 마검을 가지고 있고 내 옆엔 가렌트까지 있는 것을 목격했다.

그 당시 난 마법 학교 5클래스 학생이었고 2학기였는데도 말이다.

시기적으로만 하면 몇백 년 전인데, 스승님은 이미 몇백 년 후의 일을 내다본 것이다.

그래서 날 제자로 들이기로 결심하셨으니까.

마법사는 마력이 약해지면 미치거나 이상한 증상들이 나타난다.

퀼트가 있었던 가문의 이름은 카락스.

옛날의 빛 원소 대표 가문이었다.

하지만 그들은 마법사인데도 정신력이 너무 약해서 대부분 미치거나 자신의 원소에 스스로 몸을 밀어 넣는 등 기이한 행동을 많이 보였다.

그렇게 스스로 몰락한 가문인 카락스.

하지만 살아남은 퀼트는 예언이라는 묘한 재주를 얻게 되었다.

이는 내 스승님도 똑같이 겪은 것이다.

대마법사인데도 칼리토 책을 보고 나서 급격하게 마력이 약해졌고 노화도 빠른 속도로 찾아왔으나, 그 대신 얻은 것이 있었으니.

바로 미래의 일이 보인다는 것.

그러니 스승님의 예언이 정확했던 것처럼, 퀼트도 분명히 이 순간을 정확하게 본 게 틀림없다.

"그러니까 그렇게 계속 믿어. 분명히 그게 맞아."

"……그렇게 말해 주니까 고맙다. 그런데 이제 어떡할 거야? 네가 원하던 새로운 세상은 문제없이 만들었는데. 다음 행동이 뭐냐는 거지."

"고민 중."

"왜 고민이야? 사일러드 잡으러 가야지."

"그러기엔…… 너나 나나 그리고 밑의 세계에 있는 조각사

들까지 지쳤어. 특히 2기 조각사들은 정신까지 잃은 거, 너도 봤잖아."

"아, 그랬지……."

"그래서 휴식이 조금 필요해. 사일러드를 잡으러 갈 때, 생각한 것들이 있는데 그것 역시 나 혼자서 할 수 없는 것들이고 '우리'가 있어야 가능하거든."

"도대체 무슨 계획을 짠 거길래?"

"그건 차근차근 설명하면 되는 거고. 지금 당장의 고민 두 개가 있는데 뭐부터 할까, 고르는 중이지."

"……무슨 고민인데?"

"첫 번째는 셔먼이고, 두 번째는 검사 학교."

"……아, 하긴 그놈. 이제 필요 없어졌지. 네가 새로운 세상을 만들었으니 포털도 필요 없으니까."

셔먼은 어쩌다 보니 드라코 가문의 유일한 생존자가 되었다.

그리고 굳이 내가 그것을 고민하는 것에는 가렌트에게 셔먼의 처분 방법에 대한 의견을 묻고자 하는 의도가 컸다.

셔먼과 마법사들의 앙금은 끝이 났지만, 검사들과는 그렇지 않으니까.

결정적으로 검사들이 만족할 수 있는 최후를 선사해야만 했다.

하지만 내 의도를 알아차리지 못한 것 같아서, 대놓고 물었다.

“어쩌면 좋겠어, 가렌트? 셔먼의 최후.”

그 질문을 받은 순간 가렌트는 표정이 굳어졌다.

그렇게 한동안 말이 없어진 가렌트.

급기야는 나와 시선을 떼고, 시선은 저 멀리 두었다.

“결정하기 어렵네.”

한참이나 고민한 뒤에 나온 답이 애매모호했다.

나도 어떻게 해야 할지 모르는 판국인데, 가렌트라고 별반 다르지 않은 모양이다.

“에휴, 그거 괜히 봤다.”

그러다 문득, 후회스러운 말까지 남겼다.

“뭘?”

“그 칼리토 책의 링킹. 우리 선조가 어떤 사람인지 알려줬던 그 링킹 말하는 거다.”

“그게 왜?”

“그걸 보기 전이었다면, 무조건 셔먼을 죽였을 거야. 아니, 일이 이렇게 됐으면 어차피 필요 없게 된 놈이니까 우리 검사들에게 던져 달라고 했겠지.”

그 부분에선 나도 모르게 고개를 끄덕였다.

검사들이 당한 게 있는데.

그러고도 남는다.

이는 검사들이 선천적으로 잔인해서가 아니라, 사람이라

면 어쩔 수 없이 가지는 복수심 때문이리라.

"그런데…… 그 링킹을 보고 나니까 죽이는 게 답은 아니라고 생각하게 되었어. 선조들은 반대 세력을 통제할 수단으로 죽이지 않고, 오히려 교육기관을 세우고 지식으로써 통제하려고 했지. 정말 따뜻하고 멋진 계획이었어."

나도 동감이다.

나로서도 쉽게 내릴 수 있는 결정이 아니었는데…….

초대 교장 선생님은 정말 멋진 사람이라고 생각했으니까.

"그런 선조를 가진 우리인데, 복수심 하나 가지고 죽이려는 건 아닌 것 같아서. 선조의 정신을 욕되게 하는 일이잖아."

역시나 명예에 살고 죽는 검사의 성향이 고스란히 드러나는 순간이다.

선조까지 욕보이게 할 수 없다.

따라서 그들을 존중한다면, 그들의 정신을 계승해야 한다는 뜻이었다.

"그런데…… 다 큰 놈이고 네가 대마법사 자리를 되찾기 전에 대마법사를 보좌하던 놈인데 교육이란 이름의 교화가 먹일 리도 없고. 그래서 머리 아프다."

이야기를 듣던 나는 가렌트의 옆에 앉았다.

셔먼의 문제 때문에 둘이 이렇게 심도 깊은 고민을 한 적이 그 전에는 있었나 싶을 정도로, 이번 고민은 비교할 수 없을 정도로 깊었다.

"음, 가렌트. 이런 건 어떨까?"

난 문득 든 생각이 있었다.

최대한 선조들의 정신을 계승받되, 셔먼에게는 가혹하기 그지없는 형벌을 내릴 수 있는 방법.

갑자기 떠올랐다.

"뭔데?"

"그렇지 않아도 셔먼 그놈은 날 볼 때마다 차라리 죽이라고 그랬거든. 놈은 죽음이 안식이라고 생각해. 우리가 원하는 건 놈이 절대로 원하는 대로 하지 못하게 하는 거잖아."

"그렇지."

죽음을 원하는 이에게 죽음을 준다?

그건 우리가 수 싸움에서 완전히 말리고, 진 거나 다름이 없다.

따라서 죽음은 원천적으로 배제해야 할 형벌이었다.

"마법사, 검사, 평민 그 어느 쪽에도 속할 수 없는 존재로 만들어 버리는 게 어떨까 싶어서."

"……어느 쪽에도 속할 수 없는 존재?"

"응. 같은 사람이지만, 혼자 떨어진 무인도 같은 존재지."

"그런 게…… 가능해?"

의심스럽게 묻긴 했지만, 적어도 가렌트의 눈빛은 빛이 났다.

정말 가능하다면 그게 최고의 형벌이라고 생각하는 중인 건 틀림없었다.

"가능하니까 묻는 거지. 불가능한 걸 묻겠니? 어쨌든 그렇게 하는 거, 동의해?"

"일단 보류. 나 혼자서 결정하고 싶지 않아. 친위대원 녀석들이랑 같이 논의하고 싶어."

역시나 검사 사회 전체가 엮인 문제이니, 충분히 신중해야 했다.

"그래, 그럼 기다리고 있으마. 대신 사일러드와 결판을 지으러 가기 전엔 무조건 답해 줘. 곪은 부위 하난 터트리고 홀가분한 상태로 사일러드와 마지막 싸움을 하고 싶거든."

"그건 우리도 마찬가지니까 걱정하지 마. 그런데 말한 검사 학교는 또 뭐야?"

셔먼의 문제는 얼추 정해졌으니, 가렌트는 다음 주제로 넘어갔다.

"아, 별거 아냐. 새로운 세상을 만들었으니, 기존 두 개의 위의 세계에 내 마음대로 통로를 연결할 수 있다고 했거든. 그게 제대로 구현된다면 지금 이 상태로 검사 학교로 넘어갈 수 있지 않을까 싶어서, 그걸 시험해 볼까 하던 참이야."

"그런 건 얼른 해야지!"

가렌트는 그 중요한 걸 왜 아직도 안 하고 뜸들이냐는 듯이, 나를 타박했다.

'흐음, 다른 세계의 통로는 어떻게 연결하는 건가. 이것도 상상하면 되는 건가? 마법을 구현할 때처럼?'

하지만 역시 방법을 확실히 모른다.

그래도 여태껏 모든 것을 상상으로 해결했으니 난 검사 학교를 상상했다.

정말 다행스럽게도 내가 서면을 잡으러 가면서 직접 검사 학교에 간 적이 있지 않았던가?

1층 복도.

그 풍경을 생각한 순간, 나와 가렌트 앞에 새로운 포털이 생겼다.

"……이게 검사 학교로 가는 건가?"

가렌트가 먼저 보고 반응했다.

"그럴 것 같아."

여태까지 그래 왔고, 앞으로도 그럴 것이 분명하다.

내가 상상한 대로 포털이 열릴 거고, 포털을 넘으면 내가 원하는 목적지로 데려다줄 것이니까.

내가 포털을 통과하기 위해 가까이 다가갔을 때, 가렌트가 황급히 일어나 내 옆에 바짝 붙었다.

"……가렌트, 너는 안 가는 게 낫지 않을까?"

"왜? 우리 검사들이 있었던 곳이고 대검사인 내가 안 가면 누가 가?"

"그게 아니라, 이제 마주칠 검사 학교의 상황…… 네가 굳

이 봐서 좋을 게 있나 싶어서."

"아."

가렌트는 내가 무슨 말을 하는 건지 단번에 알았다.

검사 학교는 이미 예전에 셔먼에 의해 전부 몰살당한 상태.

게다가 사일러드가 넘어올 수 없도록, 검사 의회에 있는 웨이 포인트까지 부숴서 몰살당한 검사들의 시체도 수습하지 못했다.

즉, 그들은 여전히 검사 학교에 그대로 버려진 채로 서서히 썩고 있다는 뜻.

그런 검사들의 모습을 직접 봐서 좋을 게 뭐가 있을까.

이젠 검사들을 통솔하는 대검사로 복귀한 가렌트인데.

"괜찮아. 피한다고 해결될 거 아니잖아. 어차피 마주해야 했어."

가렌트는 애써 마음을 다잡고, 내 옆을 떠나지 않았다.

"……그래, 네가 그렇다면. 대신 마음의 준비는 해. 끔찍하니까."

"이미 검사들의 죽음은 전에 봐서 알잖아. 정말 괜찮아."

늘 날개 달린 라이칸 무리만 상대하다가 학생 모습을 한 신물, 그중에서도 헤이의 모습을 한 신물을 처리하다 죽은 친위대원도 있다.

충분히 괜찮으니까 걱정 말라는, 씩씩한 답이었다.

"들어가자."

난 그렇게 가렌트와 함께 포털을 넘었다.

❦

마법 학교 본교 꼭대기에 있는 사일러드.

그는 오늘따라 상당히 불쾌한 기운들을 느꼈다.

"분명히…… 바깥에선 뭐가 일어나는데 하나도 볼 수가 없으니 미치겠군."

이 꼭대기에 있는 모든 날들이 아무것도 느끼지 않는 나날의 연속이었지만, 오늘은 상황이 달랐다.

그가 말하는 바깥, 즉 밑의 세계에서 시끄러운 뭔가가 계속 느껴졌기 때문이다.

도대체 얼마나 강한 힘이기에 위의 세계, 그것도 본교 꼭대기에 있는 그가 이렇게 신경이 날카로워질 정도로 곤두서게 만드는 것인가?

경계하지 않을 수 없었다.

그 정도로 강한 힘을 낼 수 있는 유력한 후보는 딱 한 명, 바로 아르키스 에이머뿐이니까.

"……너, 도대체 무슨 짓을 하는 중이야? 네가 도달할 수 있는 경지가 또 있다는 것이냐?"

분명히 느껴지는 것은 마력이다.

하지만 사일러드는 에이머가 마법적으로 오를 수 있는 경지가 더는 없다고 확신했는데.

오늘에 이르러서야 그것이 완벽한 오판이었다는 것을 느꼈다.

사일러드는 분노가 치밀었다.

"도대체 그놈에게만 허락된 재능이 뭐냐고……!"

그는 주체할 수 없는 분노에 애완동물처럼 데리고 다녔던 늑대 한 마리를 소환했다.

끼이잉…….

소환된 늑대는 사일러드의 얼굴을 보자마자 꼬리를 말고 고개를 조아렸다.

늑대가 보기에도 현재 사일러드가 상당히 화가 난 상태이며, 그의 신경을 긁으면 절대 안 된다는 것을 잘 알 수 있었기 때문이다.

깨개개갱! 깨갱!

늑대의 예상은 맞았다.

사일러드는 소환한 늑대를 마법으로 난자하며 주체 못 할 분노를 삭였다.

그는 늘 이런 식으로, 분노하게 되면 화풀이할 무언가를 찾아 깨부숴야만 분노가 가라앉는 마법사였다.

그도 그럴 것이, 그렇게 드라코 가문의 마법사들도 전부 저세상으로 갔으며 그 전에는—알라이즈 페트라가 대마법사가 된 직후의 시대— 녹턴 가문의 마법사들을 전부 같은 방식으로 다루며 분노를 해소하지 않았던가.

그러나 지금 이 본교에 남은 사람이라곤 그 자신밖에 없기에, 애꿎은 그의 소환체만 쓸데없는 피를 흘리게 되었다.

"내가…… 그놈보다 부족한 게 뭔데?"

이미 늑대는 숨통이 끊어졌지만, 여전히 분이 풀리지 않는 사일러드는 원망스럽게 말했다.

그렇지 않아도 세상을 장악할 수 있는 힘을 가진 그 자신이 위의 세계에 고립된 상태인데.

이보다 더한 비참함이 어디 있을까 싶었다.

"그래도 에이머…… 네놈이 그런 마력을 냈다는 건 조만간 나를 만나러 오겠다는 뜻이겠지. 확실히 결정해 주마, 이 세상에 누가 남게 되는 것인지."

사일러드는 그 말을 마법의 주문처럼 곱씹었다.

가렌트와 함께 도착한 검사 학교 1층.

복도에 들어서자마자 이미 두 달 전에 죽은 검사 학생들의 시체가 우리 눈에 훤히 들어왔다.

방치된 채로 시간도 꽤 지나, 이젠 복도에 피 냄새는 사라지고 악취만이 가득했다.

"……."

가렌트는 묵묵히 걸으며 죽은 검사 학생들의 얼굴을 살폈다.

개중에는 채 눈을 감지 못하고 죽은 학생들도 여럿.

일일이 그런 학생들의 눈을 감겨 주며 시체들 전부를 살폈다.

하지만 시체의 수가 너무 많은 탓이었을까.

가렌트는 곧 그 행동도 그만두고, 내게 말했다.

"에이머, 내일 다시 오자."

"역시, 안 보는 게 좋았지?"

아무리 마음의 준비가 되어 있다고 한들, 직접 보는 것과는 큰 차이가 있으니까.

가렌트의 멘탈도 많이 흔들린 것으로 보였다.

"아니, 내일 친위대원들이랑 마법사들도 같이 올 수 있겠어?"

"……응?"

그런데 그의 요청이 생각과는 달리 너무 의외였다.

친위대원들이야 그렇다고 쳐도, 마법사들까지 함께 오자는 제안이 의아하던 때다.

"부탁 하나만 들어줘라."

"부탁이 아니라 명령을 해도 괜찮은데."

"친구로서의 부탁이자 검사 대표로서 마법사 대표인 너에게 하는 부탁이기도 해."

그는 진지했다.

웃음기가 싹 사라진 것이, 공식적인 자리를 이행 중인 것만 같은 비장함이다.

"말해 봐."

"사일러드와 결판을 짓기 전에 여기에서 죽은 검사들의 묘지 좀 만들어 줘. 1층에만 이 정도라면, 모든 층에 있는 시체를 합하면 수가 너무 많아서 밑의 세계로 옮기는 건 무리일 것 같으니…… 검사 학교 입구 정원에다가 해야 할 것 같아."

대검사의 위치에서 방치된 검사들의 시체를 어떻게 보고만 있을까.

내게 별로 어렵지도 않은 부탁이다.

"알았어. 그편이 네게 도움이 된다면."

"고맙다."

가렌트는 그 뒤로 말이 없었다.

역시 심한 충격을 받은 건 맞다.

그저 내색하지 않을 뿐이다.

그가 받은 충격은 너무 많은 검사들이 다 죽어 버려서?

그건 아닐 거다. 처음부터 몰랐던 사실은 아니니까.

아마도 그들의 죽음도 수습 못 해 준 죄책감 때문인 것으로 보였다.

그러니 내일 묘지를 세워 주면서 그 죄책감을 떨쳐 버리고 싶은 생각일 터다.

"그럼 복귀하자. 검사 학교에까지 내 의지대로 왕래할 수 있다는 걸 확인했으니까."

난 애써 그를 끌고 밑의 세계로 복귀했다.

복귀하자마자 검사 의회로 갔고, 조각사들만 따로 불렀다.

모인 조각사들은 표정이 대체적으로 밝았다.

그리고 결정적으로 정신을 잃고 쓰러진 조각사들도 전부 깨어났을 정도로, 휴식한 효과가 바로 나왔다.

"다들 상태는 괜찮은가?"

내가 묻자 조각사들은 제각각 표현할 수 있는 최대로 씩씩하게 답했다.

"옙!"

"자, 그럼 상태가 좋지 않은 마법사는 안 보이는 것 같고. 바로 본론으로 넘어간다. 내일부터 우린 바빠질 거야."

조각사들은 고개를 끄덕였다.

아마도 다들 사일러드를 처리하러 간다고 생각하는 듯했다.

"사일러드를 잡기 전에 우리가 해야 할 일이 하나 있다."

"……어떤 일을?"

모두가 눈치만 보느라 묻지 못하자 알프릭이 나서서 물었다.

난 가렌트와 함께 통로가 제대로 연결되는지 확인하기 위해 검사 학교로 간 것을 설명했다.

그리고 마법 학교 본교의 경우에야 에타르가 강제로 학생들을 내보냈으니 살 수 있었지만, 검사 학교는 검사들에게 그런 조치를 취해 주는 사람이 없었던 탓에 마법 학교 본교와 달리 시체들이 아직도 즐비해 있으니 내일 다 같이 검사 학교로 가서 검사들의 시체를 수습하고 묘지를 따로 만들어 주겠다고 가렌트와 약속했다고 전했다.

"좋습니다."

검사 학교의 참담한 상황을 충분히 생각하고 있어서일까.

평소 말이 많던 알프릭이 짤막하게 답했다.

난 시선을 돌려 가며, 마법사들 하나하나와 눈을 맞췄다.

나와 눈이 마주친 그들은 알겠다는 표시로 고개를 끄덕였다.

"좋아. 그럼 내일 다시 호출하마. 다들 쉬어."

공식적으로 내가 자리를 끝내자 조각사들은 하나둘씩 자리에서 일어나 돌아가기 시작했다.

하지만 난 의회에서 나오지 않고 계속 앉아 있었다.

"바이스랑 델세르는 잠깐 남아."

"……네? 저희요?"

갑자기 둘만 따로 지목해서일까.

바이스와 델세르는 당황한 표정을 지었다.

"응. 중요한 게 있으니까 너희 둘은 남아야 해."

가렌트는 친위대원들을 투기장으로 모았다.

검사 의회는 수가 훨씬 더 많은 마법사들에게 양보하고, 친위대원만 투기장으로 부른 이유는 간단하다.

일단 당장 내일 할 일을 전하는 것도 있거니와 그보다 더 중요한 것을 논의하기 위해서다.

이미 내일 다 같이 검사 학교로 가서 시체를 수습하고, 묘지를 만들 것이란 계획을 전했을 때.

검사들은 다들 이렇게 답했다.

"마법사들이 그렇게 해 줄 수 있다면…… 너무 고맙죠. 그렇지 않아도 하늘을 볼 때마다 늘 마음이 아팠는데."

그들은 진심으로 마법사들의 선행에 감사하고 있었다.

이미 두 세력이 예전에 단절되고 서로를 시기하며 싸웠던 관계라는 게 믿기지도 않는 분위기가 되었다.

가렌트는 논의를 진행했다.

"자, 그럼 그건 그렇게 하기로 하고. 이게 가장 중요한 건데, 너희들 셔먼의 최후는 어떻게 하는 게 좋다고 생각하냐? 그 갈아 마시고 싶은 놈을."

"그거야 당연히……!"

셔먼이란 이름이 나오자마자 검사들은 벌떡 일어날 정도로 흥분한 상태다.

그리고 각자 허리와 등에 있는 검의 손잡이에 손이 자동으로 갔다.

“몇 등분으로 나눌까요? 사지를 갈기갈기 찢어 이곳저곳에 뿌려 버릴 겁니다!”

그것이 검사들의 답이었다.

하지만 가렌트는 화를 내지 않았다.

이유는, 그들은 에이머의 링킹을 아직 보지 못했기 때문이다.

그렇기 때문에 그들은 마법사와 검사가 사실은 같은 선조를 가졌다는 것도 아직은 모르며, 두 개의 위의 세계가 정확히 어떤 연유로 생긴 것인지도 제대로 숙지가 안 된 상태다.

가렌트는 슬쩍 드레드를 쳐다봤다.

그는 침울한 표정으로 연신 고개를 갸웃거리고 있었다.

‘역시, 드레드. 넌 내게 말을 들어서 그게 정답이 아닌 거란 걸 아는 거지?’

그러면서 드레드를 향해 은근 기대감이 생기기 시작했다.

‘아니면…… 침울한 이유가 에이머의 보주화 속에 있다가 쫓겨나서냐?’

분명히 그 일만 제대로 처리하면 대검사 후계자로 점지하겠노라 약속했다.

하지만 안타깝게도 드레드는 그러지 못했으니, 후계자의 꿈이 날아갔다고 생각해서 저런 표정을 짓고 있을 수도 있다.

지금 그에게는 검사들의 시체 수습보다 후계자라는 신분이 지배적으로 와닿을 수 있으니까.

'이 질문에 내가 만족하는 답을 하면, 후계자 점지 그대로 이어 가마.'

가렌트는 그 생각으로 드레드에게 물었다.

"드레드, 너 혼자 표정이 왜 그렇지?"

"아……."

여럿이 모인 장소에서 그가 지목되니 당연히 시선은 그에게 쏠렸다.

드레드는 부담감을 느끼기 시작했다.

이미 친위대원들도 드레드가 마검사라는 것을 안다.

드레드는 평소라면 눈도 못 마주칠 정도로 드높은 위치에 있었던 친위대원들의 시선을 한 몸에 받으니 심적으로 감당되지 않았다.

"눈치 보지 말고, 너 혼자 표정이 왜 그러냐고. 넌 셔먼을 몇 등분 냈으면 좋겠다고 생각해?"

가렌트는 아랑곳하지 않고 묻고 싶은 것만 물었다.

일부러 이렇게 강하게 묻는 이유도, 정확한 드레드의 생각을 듣기 위함이었다.

"아…… 아니요, 그게 있잖아요……."

하지만 여전히 드레드는 답답할 정도로 말을 더듬었고, 주위에 있든 친위대원들의 눈치를 보고 있었다.

"답답하게 하지 말고 답이나 해."

가렌트가 더욱 강하게 쏘아붙이자 그는 고개를 푹 숙였다.

"그냥 둘 다 이해가 돼서, 뭐라 말을 못 하겠어요."

'오호라?'

드레드의 답을 들은 가렌트는 조금은 흐뭇한 미소를 지었다.

둘 다 이해가 된다는 말.

하난 분명히 친위대원일 거고, 다른 하나는 혹시 자신이 생각하는 것과 똑같은 걸까란 기대를 걸며 가렌트는 재차 물었다.

"둘 다라는 것은?"

"……저희 선조요. 저야 가렌트 님에게 들어서 알고 있지 않습니까? 검사가 어쩌다 탄생하게 됐고, 저 하늘에 있는 위의 세계도 어떻게 두 개나 존재하게 됐는지요. 그런데 또 친위대원 선배분들의 마음도 이해가 안 가는 게 아니다 보니…… 조금 그렇네요."

"그래서 어쨌든 네가 답하고 싶은 건, 죽이는 게 답이 아니다?"

아예 대놓고 물었다.

그제야 드레드는 주위 친위대원 눈치를 한 번 보고 어렵사리 고개를 끄덕였다.

"……네."

짝!

가렌트는 손뼉을 한 번 쳤다.

원하던 답이 나온 것에 대한 기쁨의 몸짓이다.

"그런데 가렌트 님, 드레드가 하는 말이 다 뭐랍니까?"

마침내 올 것이 왔다.

사실을 잘 모르는 친위대원들이 궁금한 것을 물었다.

그렇게 가렌트는 자연스럽게 설명하기 시작했다.

사실 검사란 존재가 어떤 존재인지.

그리고 두 개의 위의 세계가 어떤 이유에서 생긴 것인지.

지금 투기장엔 에이머가 없으니, 링킹으로 간단하게 설명할 수 있는 상황도 아니다.

따라서 가렌트가 일일이 말로 전부 설명해야 했다.

꽤 긴 시간을 투자한 뒤에야 설명을 겨우 마칠 수 있었는데, 모든 것을 알게 된 친위대원의 표정들은 마냥 편하지만은 않았다.

"……그래서 그런 거구나."

그제야 친위대원들은 드레드가 왜 그런 소심한 반응이었는지 납득할 수 있다는 반응을 보였다.

"그래서 나도 드레드의 의견에 동감이다. 셔먼을 죽이는 건 아니야. 게다가 놈은 오히려 죽음을 원하고 있대. 그런 놈에게 죽음을 선사하는 건, 놈에게 지는 거 아니야?"

에이머의 말을 그대로 인용했다.

친위대원들은 전부 고개를 끄덕였다.

“그래서 에이머가 제안을 했어, 셔먼을 검사, 마법사, 평민 그 어느 쪽에도 속할 수 없는 존재로 만드는 건 어떠냐고.”

“……그게 가능합니까? 그런데 결국, 그게 죽이는 거 아닙니까?”

“나 참. 멍청해서.”

가렌트는 정말 한심하다는 듯이 답했다.

어쩜 생각이 저리도 단순한지, 가슴이 갑갑했다.

그 순간, 가렌트는 느낀 점도 하나 있었다.

‘……평소 마법사들이 우릴 보는 시선이 이랬나?’

가렌트도 한때는 순수한 검사였다.

그렇기에 마법을 터득한 마검사가 되고 나서야 생각하는 방식이 조금 달라졌다는 것을, 오늘에서야 인지할 수 있었다.

“아무튼, 에이머는 검사들이 동의하면 그렇게 하겠대. 나도 정확히 어떤 식으로 그렇게 만들겠다는 건지는 몰라. 그렇게 만들겠다고 듣기만 해서.”

“네, 그런 거라면 좋습니다. 저희 선조의 정신을 지키면서 셔먼에겐 견딜 수 없는 치욕의 형벌을 주는 거니까요.”

친위대원들은 거절하지 않았다.

오히려 그것이 정말로 가능하기만을 비는 것으로 보일 정도였다.

“그렇다면 그 문제는 끝났네. 너희들이 동의했으니 난 그대로 에이머에게 전하면 되니까.”

“그럼 논의는 이대로 끝인가요? 그것 때문에 부르신 거잖아요.”

친위대원 중 하나가 말했다.

“아니.”

하지만 가렌트는 꿋꿋이 땅에 박힌 나무처럼, 그 자리에서 움직이지 않은 채로 가만히 있었다.

“또 뭐가 있으세요?”

친위대원의 물음에 가렌트는 드레드에게 손가락만 까딱거렸다.

어서 이리 오라는 손짓이다.

“……저는 갑자기 왜?”

“시키는 대로 해. 오기나 하라고.”

“아, 넵.”

그렇게 드레드가 그의 옆에 서자, 가렌트는 친근하게 드레드의 어깨에 자신의 팔을 올리며 말했다.

“공식적으로 너희들에게 선언한다. 대검사 후계자 드레드야.”

“……예에?”

하지만 제일 놀란 것은 드레드.

그는 발작하듯 놀라며, 몸을 떨기까지 이르렀다.

"아니…… 가렌트 님, 분명히 저는 약속을 못 지켰는데……?"

"그 정도면 충분히 잘한 거고. 무엇보다 넌 걔들과 생각하는 방식이 다르잖아. 그래서 일부러 너를 지목해서 꼬치꼬치 물은 거다."

바로 가렌트가 원하는 답을 뱉은 드레드이기에 그 가능성을 본 거다.

하지만 친위대원들의 반발은 역시나 존재했다.

"그건 아니죠……. 다른 사람도 아니고, 드레드는 저희가 납득할 수 있는 실력을 가진 검사가 아닌데요."

그들은 냉정했다.

아무리 다 같이 살아남은 검사들이라고 하더라도, 이건 너무 사적인 감정이 들어가 있는 게 아닌가 하는 불만들이다.

대검사는 검사 전부를 통솔해야 하는 위치에 있는 중대한 직책.

사적으로 결정될 수 있는 자리가 아니다.

그렇기에 드레드는 그 직책에 어울리지 않다고 판단한 것이다.

"야, 너 마법 사용할 수 있어?"

하지만 가렌트도 다 이런 반발은 쉽게 예상했다.

그는 기다렸다는 듯이, 준비했던 질문을 역으로 뱉었다.
"……같은 마검사라고 편드는 것으로밖에 안 보이는데요. 사적인 이유로 정하는 대검사는 저희가 인정할 수 없습니다. 대검사는 그런 자리가 아니잖아요."
친위대원들도 호락호락하진 않았다.
"마검사를 너무 하찮게 보는 거 아니야? 후, 안 되겠네. 드레드, 할 수 있지?"
"……예? 뭘요?"
"네가 직접 실력으로 보여 줘, 마검사와 검사가 가진 힘의 차이가 크다는 걸."
"그게 무슨……!"
가렌트는 드레드의 말을 무시하고 친위대원들에게 말했다.
"너희들이 대표를 뽑아. 그 대표가 드레드에게 지면 후계자 인정. 어때? 이러면 공평하지?"
"좋습니다."
친위대원들도 피하지 않았다.
"가렌트 님……! 그러다 제가 지면 어쩌시려고요……!"
드레드는 작은 목소리로 원망스럽게 말했지만.
"어쩌긴, 그럼 새 후계자를 찾으러 가야지."
"……."
가렌트에겐 씨알도 안 먹힐 징징거림에 지나지 않았다.

‘내가 마검사란 이유로 너를 찍었겠냐? 믿음이 있으니 그랬지.’

그는 그렇게 속으로 중얼거리며 드레드를 바라보았다.

이윽고 투기장에서는 검사들만의 대련이 열렸다.

드디어 친위대원 중 대표가 하나 뽑혔고, 그가 중앙으로 나왔다.

‘오호, 저놈이야? 하긴, 저놈이 제일 확실하지.’

친위대원 중 가장 강하다고 불리는 검사, 카리얀.

그는 전 대검사인 불카토스 밀턴이 살아 있을 적에 이미 검사들 사이에서 다음 대검사감으로 인정받고 있었다.

게다가 카리얀은 검사들 중 키가 제일 컸다.

덩치는 바위처럼 거대한데 몸놀림은 또 빨랐다.

즉, 누구도 따라올 수 없는 검사로서의 재능을 가진, 검사의 표본 그 자체라고 볼 수 있는 검사였다.

‘하긴, 나도 저놈을 처음 봤을 땐 물건이라고 생각했지.’

가렌트도 그런 카리얀을 잘 알고 있기에 납득할 수 있는 선택이었다.

그에 비하면 카리얀 앞에 선 드레드는 외관적인 것만 말하자면, 그에 비해 키도 작고 덩치도 없어서 곰과 허수아비의 싸움으로 봐도 될 정도다.

‘대신 드레드 너는 눈에 보이지 않는 다른 게 있으니까 괜찮아.’

마침내 드레드와 카리얀이 대련을 위해 가검이 있는 곳으로 향했다.

그때 가렌트가 불만스럽게 지적했다.

“뭐 하는 거야?”

“……예? 대련이니까 가검을 가지러 가죠.”

드레드는 당황하며 답했다.

“가검은 무슨 가검? 진검으로 해.”

“……네?”

이번엔 드레드와 카리얀이 동시에 황당한 목소리였다.

“진검이라뇨……? 가렌트 님, 대련에 진검은 너무 심한 거 아닌가요?”

카리얀이 묻자, 가렌트는 가소롭다는 듯이 웃으며 말했다.

“너희들 입으로 직접 말했잖아, 실력이 더 좋은 사람이 대검사 후계자가 되어야 한다고. 같은 마검사라는 이유로 후계자를 정하지 말고.”

“…….”

가렌트의 말뜻을 알아들은 두 사람은 침묵했다.

동료끼리 대검사라는 자리를 두고 진검으로 대련하는 이 상황.

그러나 오직 실력으로 판단하는 자리이니 상대가 동료라는 생각을 버리고 진검으로 겨루라는 뜻이다.

적을 향해 아무런 죄책감도 없이 당당하게 검을 휘두를 수 있는 것 또한 대검사가 갖춰야 할 덕목이기 때문이다.

무릇 대검사란 오늘의 동료가 내일의 적이 될 수 있는 자리니까.

가렌트는 불편한 낯을 한 두 사람을 보며 말했다.

"내가 강압적으로 시킨 거 아니야. 너희가 직접 한 말대로 행동하는 것뿐이지."

가렌트는 그것만을 강조했다.

이래 가지곤 친위대원들이 스스로 함정을 파고, 걸려 버린 모양새가 될 뿐이다.

"드레드, 넌 진검 필요 없잖아, 어차피."

"아…… 그렇긴 한데……."

"친위대원들이 같은 마검사에게 어드밴티지를 주는 거 아니냐고 말한 거니까 마검사의 면모를 보여 줘. 어이, 카리얀, 불만 없지?"

"물론입니다."

카리얀은 어느새 진검을 가지고 와서 답했다.

"자, 시작. 진검 대련이라고 해도 목숨이 먼저 끊어지는 쪽이 패배하는 게 아니다. 스스로 포기해. 아무리 해도 못 이길 것 같다고 생각되는 쪽이 포기하란 뜻이야."

심지어 승패를 결정짓는 방법도 상당히 어려웠다.

스스로 포기하게 되는 승부 결정 방식.

이는 상대하는 쪽에서도 껄끄럽다.

지금은 대검사 후계자란 자리를 놓고 경쟁하는 모양새가 되고 말았지만, 드레드의 입장에선 곤욕 그 자체가 아닐 수 없었다.

내가 휘두르는 검을 상대가 반응하고 막을 수 있을까?

아니, 그러다가 다치거나 사지 중 하나가 잘려 나가면 어떡하지?

이런 거대한 부담감을 안고 시작하기 때문이다.

만약 정말 그런 사고가 일어난다면, 지금이야 잠시 경쟁하고 있지만 이 상황이 끝나면 다시 공동의 적을 마주한 동료 관계로 돌아갈 텐데 그 동료를 제 손으로 죽인 꼴이 되는 거니까.

가렌트가 일부러 그렇게 결정한 것도 그런 부담감을 이기고 냉철하고 정확하게 휘둘러야 하며, 열세인 쪽은 고집부리지 말라는 뜻에서였다.

"가렌트 님, 정말 많이 달라지셨네요. 가렌트 님 평소 성격이면 이런 건 생각 안 하셨을 것 같은데."

카리얀이 말했다.

그는 드레드보다도 오래 가렌트를 본 사람이니, 가렌트의 달라진 모습을 제일 뼈저리게 느끼는 중이다.

"이게 마검사의 위대함이란 거다, 짜샤. 시끄럽게 쫑알대지 말고 시작부터 해. 다들 위치로."

가렌트는 잡담을 과감하게 끊고, 바로 대련을 진행했다.

이제 일정한 거리를 두고 선 드레드와 카리얀.

가렌트가 둘에게 선고하듯 말했다.

"시작."

그의 말이 떨어짐과 동시에 카리얀이 먼저 전광석화로 달려들었다.

'……우와! 빠르다! 옆에서 보는 거랑 직접 대하는 거랑 다르네.'

드레드는 왜 카리얀이 친위대 내부에서도 제일 강하다고 평가받는지 깨달았다.

몸집이 저렇게 거대하면 움직임이 둔해서 움직이는 반경이나 모든 것이 눈에 훤히 들어오기 마련인데, 신기하게도 카리얀은 토끼 한 마리가 뛰는 것처럼 날렵해서 눈으로 좇기가 힘들었다.

'그래도…… 아예 안 보이는 건 아니잖아?'

드레드는 더욱 집중했다.

그리고 그가 익힌 마법인, 장벽 투기장 마법은 사용하지 않기로 했다.

'어차피 카리얀 선배는 나보다 검술이 뛰어나 그 방법은 마법사들을 상대할 때나 효율적인 거야. 지금 내게는 독이다.'

에이머의 가르침을 잊지 않고 벽에 못질하듯, 기억에 확실히 때려 박은 드레드다.

'대신…… 선배, 제가 트레샤 아저씨한테 새로운 걸 익혀서요.'

퍼석.

드레드는 다른 형태의 마법을 구현했다.

바로 모래가 갑옷처럼 그의 몸을 감싸는, 조금은 기괴한 형태의 마법이다.

"……음?"

카리얀은 마법을 아예 모르기 때문에 이게 어떤 용도로 구현한 것인지 모른다.

'보기엔 특별한 게 없어 보이는데. 그냥 몸만 두르는 건가, 갑옷 대용으로?'

그렇게 치부하기에 이르렀다.

현재 검사 중에는 두 명만 갑옷을 입고 다니지 않는다.

그게 바로 가렌트와 드레드.

마법으로 갑옷을 대신할 수 있기에, 차라리 그럴 거라면 몸의 활동이 편한 쪽을 택한 부류다.

마검사가 아닌 일반 검사들은 갑옷을 입지 않는 건 상상할 수 없는 일이었고, 늘 무거운 갑옷을 입고 있어야만 했다.

'갑옷이라면 부수면 그만이지.'

카리얀은 마법을 조금은 쉽게 생각했다.

'아니, 모래는 부수는 것보다 뚫는 게 훨씬 효율적이니까 단숨에 찔러서 뚫어 버린다.'

그리고 발 한쪽을 조금 뒤로 빼며 찌르기에 용이한 자세로 바꿨다.

'이상하네, 카리얀 선배가 이렇게 눈에 훤히 보이는 동작을 다 하고. 당황한 건가?'

드레드는 카리얀이 처음 보는 형태의 마법을 봐서 당황한 거라고 여겼지만, 실상은 그렇지 않다.

마법까지 익히면서 드레드의 동체 시력이 좋아진 것일 뿐, 정작 몸의 주인인 자신이 모르는 상태다.

'찔러 보세요. 찌르면 개미지옥에 빠질 겁니다.'

드레드가 피하지 않고 일부러 빈틈을 내준 그 순간.

'역시, 검술적으로는 대검사에 오르기 한참이나 부족해요, 가렌트 님.'

카리얀은 완전히 오해하며 그대로 다리에 힘을 바짝 주며 드레드를 향해 돌진했다.

퍼석!

그의 검의 끝이 드레드의 가슴 부위에 닿아 모래 갑옷 속에 들어갔을 때였다.

'끝났…… 응?'

그 순간 카리얀은 불길한 기분이 들었다. 고개를 들어 드레드를 보니 그는 웃고 있었다.

카리얀의 검이 드레드의 모래 갑옷을 뚫지 못하고 오히려 안에 박혀 버렸기 때문이다.

"이래서 일부러 모래로 한 거예요. 돌이면 부술 생각을 하는데 모래면 부수긴 힘드니 뚫는 게 더 효율적이라고 판단할 테니까요."

드레드가 전부 의도한 대로 흘러간 것이다.

텁!

드레드는 모래로 감싸인 손으로 카리얀의 검을 잡았다.

"으윽!"

카리얀은 어떻게든 검을 빼내려고 했지만, 이미 모래 속에 박혀 버린 검은 카리얀이 가진 힘으로 빠지지 않았다.

부드러운 모래는 돌에 비하면 마찰력이 잘 생기지 않아 힘이 평소보다 더 들어간다.

괜히 사람이 개미지옥에 빠지면 그대로 빨려 들어가 죽겠는가?

탈출할 수 없어서 죽는 거다.

부드러운 모래 때문에 더욱 깊숙한 곳으로 빨려 들어가게 되는데, 주변에 잡을 만한 것은 아무것도 없으니까.

지금 카리얀의 상태는 그것과 똑같았다.

"죄송합니다."

그 한마디만 남기고, 드레드는 대지 원소로 만든 마검을 번쩍 들었다.

"피하세요. 안 그러면 다쳐요."

그리고 정말 매정하게 검을 휘둘렀다.

후웅—!

드레드가 검을 휘둘렀을 때, 피할 수 없다고 판단한 카리얀은 황급히 검을 버리고 뒤로 몇 발자국 물러났다.

터엉!

하지만 그런 카리얀의 행동보다 드레드의 검이 더 빨랐기에, 결국 갑옷 가슴 부위에 드레드의 검격이 들어갔다.

"쿨럭……!"

순식간에 갑옷이 찌그러지며 가슴을 짓눌렀고, 뼈가 부서지며 카리얀은 옅은 피를 토했다.

"……세상에! 괜찮으세요?"

깜짝 놀란 드레드는 미안함에 어쩔 줄 몰라 하는 반응을 보였다.

피할 시간을 충분히 줬다고 생각했는데, 그의 행동이 너무 빨랐던 것이다.

역시 이것도 드레드의 모든 신체 능력이 올랐으나 스스로가 자각하지 못해서 일어난 유혈 사태였다.

"……."

카리얀은 가만히 드레드의 몸만 쳐다봤다.

그의 모래 갑옷에 박혀 있는 자신의 검.

그리고 자신의 손을 내려다봤다.

분명히 검이 있어야 할 손인데, 지금은 아무것도 없는 맨주먹이 되었다.

'……이래서 스스로 포기하라고 한 겁니까, 가렌트 님?'

아무리 생각해도 이길 방도가 없다고 판단되면 포기하라던 말.

솔직히 처음 들었을 땐 저건 무슨 신박한 헛소리인가 싶었다.

왜냐, 자신이 그럴 리가 없다고 확신했으니까.

그러나 드레드와 고작 일합을 주고받았는데도 가렌트가 왜 일부러 그런 말을 했는지, 카리얀은 알게 되었다.

'내가 그걸 느끼게 되다니.'

이미 무기를 잃고 맨주먹.

그런데 상대는 카리얀의 무기를 뺏어 버린 상황이라 무기가 두 개로 늘어났다.

그렇다면 맨주먹으로 저 모래 갑옷을 뚫을 수 있냐?

아니다. 그랬다간 주먹이 지금의 검과 같은 꼴이 될 거다.

'이래 가지곤…….'

카리얀은 멋쩍게 웃었다.

'정말 이길 방법이 없잖아…….'

그리고 두 손을 번쩍 들었다.

"졌습니다."

아무리 머리를 굴려도 뭔가 시도할 방법이 떠오르지 않은 게 가장 컸다.

'마검사를 상대하니까…… 엄청 까다롭네…….'

패배를 선언하며 삼킨 말이다.

상대가 마법만 사용할 줄 아는 마법사였다면, 분명히 신체 능력 차이로 어떻게든 극복하려고 했을 거다.

하지만 드레드는 마검사.

마법은 물론이고 검술까지 행할 수 있기에 신체 능력 차이는 그리 크지 않을 거다.

아니, 어쩌면 지금 자신보다 뛰어날 거라고 생각했다.

드레드의 몸짓이 너무 빨라서 가슴을 가격당하기까지 했으니까.

그리고 카리얀은 깔끔하게 패배를 인정하며 드레드에게 한마디만 남겼다.

"축하드립니다, 후계자님. 앞으로 저희를 어떻게 이끌지 기대되는군요."

한쪽 무릎을 꿇으며 답했다.

기사의 맹세 행동에서 파생되어 온, 기사가 상대를 인정한다는 존중의 행위다.

친위대를 대표해 그를 공식적으로 인정한다는 뜻이다.

"아아……?"

드레드는 그저 어안이 벙벙했다.

현실감이 하나도 느껴지지 않았다.

종지부를 찍다

짝, 짝.

가렌트의 작은 박수를 시작으로.

짝짝짝짝짝짝짝-!

친위대원들의 박수갈채가 뒤를 이었다.

친위대원들도 자신들이 직접 뽑은 대표가 깔끔하게 패배를 인정했으니, 덩달아 드레드를 후계자로서 인정하며 존중하고 존경하며 따르겠다는 뜻이었다.

순간, 드레드의 눈에서 왈칵 눈물이 흘러나왔다.

가렌트는 일단 카리얀의 상태를 살폈다.

"괜찮아? 피를 토하던데."

"괜찮습니다. 마법사들의 치유 물약이 있잖아요. 그거면 될 것 같아요."

"고생했다."

"아닙니다, 덕분에 가렌트 님의 고귀하신 생각을 알게 되었으니 오히려 제가 감사하죠. 가르침을 새로 받은 느낌이에요."

"하하, 녀석. 말은 예쁘게 잘하네. 그래도 얼른 마법사들한테 가 봐. 상처 덧내지 말고."

"예, 그럼 먼저 실례하겠습니다."

카리얀은 그렇게 가렌트에게 한 번, 드레드에게 한 번 고개를 꾸벅 숙이고 투기장을 나섰다.

이제 가렌트는 드레드 앞에 섰다.

그는 감격의 눈물을 여전히 또르르 흘리는 중이다.

표정이 꼭, '7급에 지나지 않던 내가 후계자라니…….'라고 연신 외치고 있는 듯했다.

"뭘 울어, 이 자식아!"

가렌트는 웃는 얼굴로, 드레드의 이마를 짝 쳤다.

이럴 땐 울지 말고 웃으라는 뜻인 동시에 울고 있으니 일부러 아프게 해서 울음을 그치게 하려는 인자한(?) 마음에서 우러난 행동이었다.

"믿기지가 않아요……!"

하지만 아픔도 안 느껴지는지, 드레드는 여전히 울먹이는 목소리였다.

"네 손으로 직접 이뤄 낸 성과야. 그런데…… 너 언제 검술 연습은 따로 한 거냐? 움직임이 내가 알던 네가 아닌데? 고작 일주일 사이에."

가렌트도 둘의 대련을 보면서 느낀 거다.

분명 가렌트가 알고 있는 드레드는 저런 날렵함과 정교함이 부족했는데, 지금은 너무 완벽해서 눈을 의심했다.

"……예?"

'음, 반응을 보니 정작 본인은 모르는 모양이야.'

저렇게 느끼는 것도 무리가 아니다.

그도 그럴 것이 둘이 이곳 투기장에 오기 전에 대련한 적이 있다.

심지어 드레드에게 최악의 환경인 에이머의 보주화 속에서.

에이머의 보주화가 드레드를 적으로 인식하지 않아 큰 제약은 없었다곤 해도, 조각사들이 펼쳐 놓은 각양각색의 마법들에 드레드는 유독 힘들어했다.

가렌트 자신도 멀쩡히 서 있기 힘들 정도였는데, 드레드는 오죽할까.

그런 최악의 환경에서 대련을 하다가 아무런 제약이 없는 곳에서 하게 하게 되니 정작 그 자신이 느끼지 못한 것으로 보였다.

"아냐, 신경 쓰지 마. 아무튼 이로써 공식적으로 너는 내 후계자다. 축하한다.”

“하하…… 하하하…….”

여전히 현실감이 없는지, 그는 실없이 웃기만 했다.

그렇게 검사들의 후계자 지정식은 끝이 났다.

“앞으로 너만 괴롭힐 거니까 각오해. 대검사 후계자라는 게 마냥 좋은 것만은 아니거든.”

대신, 경고도 잊지 않았다.

“물론입니다!”

드레드는 씩씩하게 답했다.

아무렴 어떻게 얻은 기회인데 고작 그런 경고에 포기할까.

그는 충분히 할 수 있다는 자신감으로 꽉 찬 상태였다.

“저희 둘만 따로 남기신 이유가……?”

바이스가 물었다.

따로 남길 만한 이유가 자신이 생각하기엔 없는데 왜 갑자기 그런 건지 몰랐을 테니 불안할 이유도 충분하다.

“음, 뭐부터 얘기할지 고민이네.”

바이스와 델세르.

얘기할 주제는 두 가지.

순서를 어떻게 할지 고민하다가, 바이스에게 물었다.

"바이스, 지금 셔먼에게 먹이는 환각제 있잖아."

"네, 일부러 아르키스 님이 정신은 붕괴하면 안 된다고 하셔서 특별히 제조 중이죠."

"응, 그거. 번복한다. 정신을 폐인으로 만들 환각제, 가능해?"

"……예?"

바이스는 조금 충격을 받은 표정으로 물었다.

언제는 정신이 온전해야 한다고 해 놓고 이제야 왜 바꾸는지 이해가 되지 않는 모양이다.

"어차피 셔먼은 이제 필요 없어. 새로운 위의 세계가 생겼으니, 포털은 내가 마음대로 열 수 있거든. 그런 놈을 위해 물약을 계속 특별 제조하는 건 인력 낭비라고 생각하는데."

"아…… 네, 그렇죠……."

여전히 자신 없는 목소리였다.

"설마, 에밋 가문의 가주인 너도 그렇게는 못 만든다, 이건가? 늘 만들어 왔잖아."

"아, 아니요. 당연히 그런 건 아니죠. 다만 걱정스러워서요."

"뭐가?"

"제가 정말 마음먹고 환각제 만들면 되돌릴 수 없어요. 그야말로 산송장이 돼요. 분명히 살아 있지만, 살아 있다고 보기 어렵죠."

듣던 중 반가운 소리가 아닌가?

"그런 환각제를 물어본 건데?"

내가 오히려 눈을 반짝 뜨며 답하자, 바이스는 한 대 맞은 것 같은 표정을 지었다.

"……이렇게 잔인한 분은 아니셨잖아요."

"드라코한텐 잔인해도 돼. 아무튼, 할 수 있는 거지?"

"예…… 할 순 있는데…… 그…… 이게 정말 인간의 존엄성 그 자체를 해치게 되는 거라서요."

그런데 바이스는 여전히 소극적이었다.

도대체 그걸 마시게 되면 어떻게 되길래 저런 소극적인 반응일까?

알아도 나쁠 게 없다고 생각해, 물었다.

"왜? 어떻게 되는데?"

"일단 정신이 완전히 붕괴되니 당연히 마법은 사용하지 못하고요."

"그건 당연히 그래야 하고."

"……."

내 답이 또 잔인했을까.

바이스는 잠시 할 말을 잃었다.

겨우 아찔해진 정신을 다잡고, 그는 설명을 이었다.

"미쳐요. 그냥 정신이 붕괴된 걸 떠나서, 자아 그 자체가 사라져요. 아마 대소변도 못 가릴걸요. 자아라는 게 완전히 사라지게 되는 거니까요. 시체가 걸어 다닌다고 생각하면 됩니다."

"흐음……."

난 그의 답을 듣고 고민했다.

"역시, 그렇게까지는 너무 갔다고 생각하시죠?"

바이스는 그런 나를 설득하려는 생각으로, 계속 내 생각을 물었다.

하지만 내가 고민한 것은 수위 조절 따위가 아니었다.

"너무 완벽하잖아!"

난 기쁨에 소리쳤다.

"……아르키스 님?"

죽이진 않는다. 아니, 차라리 죽는 게 더 편할 정도로 끔찍한 상황으로 만든다.

그것을 전부 충족할 수 있는 아주 훌륭한 바이스의 환각제다.

"딱 내가 원하던 건데 왜 망설이는 거지?"

"그렇게 기쁘시다면…… 당장 만들게요."

바이스도 이제 설득은 필요 없다고 생각했는지, 내 말을 들었다.

"얼마나 걸려, 만드는 데?"

난 마법을 처음 배웠던 그때의 동심으로 돌아간 것처럼 눈동자를 반짝반짝 빛냈다.

"……이틀이면 돼요."

바이스는 내 그런 눈빛이 부담스러웠는지, 애써 시선을 피하며 답했다.

"아니, 그런데 안 그러셨던 분이 왜 그렇게 환각제에 집착하시는 건데요?"

난 그 이유를 바이스에게 설명했다.

검사들의 앙금 해소와 동시에 선조의 정신을 존경하고 싶었으니까.

"그런 거라면…… 그게 말씀대로 제일 확실하긴 하죠……."

바이스도 그제야 납득되어 고개를 끄덕였다.

"근데 델세르는 왜요?"

환각제 부분은 이로써 해결되었으니 나는 곧장 다음 주제로 넘어갔다.

"아, 바이스 네가 기분 나쁠 것 같은데, 내가 대마법사로서 너에게 권력남용 하나 해도 될까? 음, 네가 받아들이기에 따라서는 아마 월권행위라고 여길 수도 있어."

내가 다음 주제로 꺼내려는 것은 보주화만큼이나 거대한 파급력을 가진 것이니, 일부러 최대한 겁을 주며 말했다.

"……마법사는 어차피 대마법사를 따라야 하는데 월권행위가 될 게 있나요? 말씀하세요. 아르키스 님이 생각하신 건, 그럴 이유가 있어서 그런 거잖아요. 뭔데요?"

답답하게 계속 뜸들이지 말고 어서 주제를 꺼내 달라는 요청이다.

난 답하기 전에 델세르와 그윽하게 시선을 한 번 맞췄다.

"왜 갑자기…… 그렇게 보시는지?"

델세르는 갑자기 얼굴이 붉어지며, 시선을 내리깔며 내 눈을 피했다.

"바이스 너, 가주 자리를 델세르한테 넘기는 게 어떠냐?"

내가 그 질문을 건넨 순간.

바닥을 향했던 델세르의 시선이 두더지처럼 튀어 올랐고, 두 눈동자는 크게 변했다.

그렇지 않아도 눈이 컸던 델세르인데 더욱 커지니 이상하게 보일 정도다.

"음, 그래서 월권행위라고 하신 거구나?"

"응."

내가 월권행위라고 했던 이유.

아무리 대마법사라고 하더라도 가문의 일은 잘 관여하지 않는다.

아니, 오히려 가문에서 일어난 일은 대마법사를 제외하고 가주만이 담당해야 한다는 마법 사회의 무언의 약속이 있다.

심지어 일반 문제도 아닌 가주 문제에 대한 거라면 더더욱 대마법사가 관여할 순 없다.

어디까지나 해당 가문의 문제는 가문 내부에서 결정해야

하니까.

내가 하는 말이 명백히 직권남용이자, 월권행위이라는 것은 잘 안다.

"그래도 듣고 싶네요. 왜 그런 생각을 하셨는지요."

바이스는 그가 계속 강조했던 것, 내가 생각 없이 말하지 않는다는 걸 잘 알고 있었기에 그 이유를 물었다.

"네 딸이 너보다 낫던데?"

"무슨 말씀이실까요? 혹시 유나이트 때문입니까? 그렇지 않아도 제가 그거 보고 나서 생각이 많아지긴 했지만……."

"아니, 그보다 더한 거."

"……그럼 뭐가 있죠?"

"너 보주화 구현할 줄 알아?"

"……."

내가 정곡을 찌르듯 말하자, 바이스는 입이 조금 벌어졌다.

이내 그의 시선은 딸인 델세르에게 향했다.

"……델세르 너, 보주화까지 가능하다고?"

"아, 그게…… 정확히 말하면 한 건지 안 한 건지는 모르는……."

델세르가 설명하던 중간, 내가 말을 끊었다.

"했어, 분명 완벽하게."

"……아르키스 님이 어떻게 아세요? 직접 보신 거 아니잖아요? 느끼셨던 건가……?"

델세르는 어떻게 보지도 않고 확신하느냐고 의심했다.

"나 말고 본 사람이 있거든."

"누구요?"

"가렌트."

그 답을 시작으로 난 새로운 위의 세계가 어떻게 생길 수 있었는지를 설명했다.

바이스는 설명을 전부 들은 뒤에 말했다.

"갑자기 새롭게 떠오른 플레우드 보주화……. 확실히, 아르키스 님이 하신 건 아니니 델세르밖에 없네요. 이야, 딸이 이 아비를 넘다니. 씁쓸함은 하나도 안 느껴지고 기쁜데요?"

바이스는 진심으로 한 말이다.

에밋 가문은 씻을 수 없는 오명이 늘 전해져 내려오는데, 그게 바로 6서클이 한계라는 것이었다.

그런데 그것을 처음 깨부순 게 7서클인 유나이트를 보란 듯이 익힌 델세르로, 이젠 7서클을 넘어 원소 마법 최후의 경지인 보주화까지 사용 가능한 정도다.

물론, 가진 위력은 나와 비교하면 한없이 약하지만, 그래도 6서클 한계라는 에밋 가문의 마법사가 그 정도로 할 수 있는 게 어디란 말인가.

"그런데 아르키스 님, 그럼 뭐 합니까, 이제 제 가문은 사라졌는데요."

하지만 바이스가 씁쓸하게 그 부분을 짚었다.

"그 전에야 존재해선 안 되니까 재건하지 않은 거잖아? 이젠 그럴 상황도 아닌데."

"……."

무너진 가문 따위, 내가 새로운 세상을 만든 것보다 훨씬 쉬운 일이다.

다시 세우면 그만이다.

타일런트의 시대 때에나 절대 존재하면 안 됐으니 숨겼지만, 이젠 타일런트도 없다.

"마지막 남은 사일러드는 어차피 곧 끝난다. 어때, 가문 재건하고 차기 가주는 델세르. 완벽하지 않아?"

"물론 그렇죠. 하지만 지금 당장은 제 가문도 없으니까 모든 게 확실히 끝난 뒤에 정하고 싶어요."

적어도 바이스는 거절하는 목소리는 아니었다.

난 슬쩍 델세르를 살폈다.

그녀는 입을 벌린 채로 우리 둘이 지금 자기를 쏙 빼고 멋대로 뭘 정하나 하는 표정이었다.

"이렇게 하시죠."

바이스가 당찬 목소리로 말했다.

"뭘?"

"제 약속을 지켜 주시면 아르키스 님의 권력남용, 월권행위를 문제 삼지 않겠습니다."

"얼씨구?"

언제는 듣고 보니 타당하다고, 괜찮다고 한 녀석이 이젠 내가 뱉은 말을 콕 집어서 제 무기로 활용한다.

뭐, 그래도 나쁘지 않다.

그만큼 책임지고 지켜 달라는 뜻이며, 그것을 잘 지키면 자신도 무조건 지키겠다는 하나의 약속이니까.

"말해 봐."

"……."

바이스는 잠시 나와 델세르를 번갈아 가며 쳐다보고, 결심이 들었는지 고개를 서서히 끄덕이며 말했다.

"사일러드를 꼭 이겨 주세요. 그래야 제 가문도 되살아나죠."

그 말을 들은 나는 약 1초간은 멍했다.

그러나 그 뒤에는 피식 웃음이 나왔다.

"바이스, 이래서 난 네가 좋다니까."

내가 뱉은 말을 무기로 삼을 줄 알았는데, 오히려 이런 생각이었다니.

정말 이렇게 약속해 버리면 난 사일러드를 목숨을 바쳐서라도 없애야 하지 않겠는가?

"약속은 그걸로 끝이 아니에요."

"또 있어?"

"아르키스 님은 여전히 존재한 채로, 이기셔야 합니다. 전

아르키스 님과 여생을 보내고 싶거든요. 이건 아마 델세르도 마찬가지일 겁니다."

"아니…… 아버지! 그게 지금 무슨 소리야!"

그런데 델세르는 갑자기 발끈하며 얼굴을 붉혔다.

꼭 들키기 싫은 것을 들킨 모습이다.

하지만 난 잘 알고 있다.

굳이 여기에서 알고 있다고 답하지 않고, 조용히 넘어갔다.

"오냐. 살면 되잖아, 그게 뭐 어려운 거라고. 죽더라도 뭐, 여차하면 모습을 바꿔서 나타나지. 내가 한 번 그랬던 것처럼."

나로서 할 수 있는 유쾌한 답이었다.

"그럼 바이스, 바로 부탁한다. 환각제, 그것만 준비되면 바로 사일러드랑 담판 지으러 갈 거야."

"알겠습니다. 그런데 검사들의 동의는 받았어요?"

"아니, 아직 안 받았는데. 그래도 만들어 둬야지. 미리 만드는 거랑 동의받고 만드는 거랑은 속도에서 차이가 나잖냐."

"알겠습니다. 어차피 시간이 조금 걸리는 일이니, 아르키스 님 말씀이 옳죠."

"그걸로 됐다."

내가 먼저 일어서자 델세르와 바이스가 따라서 일어났다.

검사 의회 출입문으로 향하는 과정에서 바이스는 델세르의 눈치를 갑자기 한 번 보더니 고개를 끄덕였다.

둘이 무슨 신호를 주고받은 듯했다.

"그럼 아르키스 님, 환각제 제조는 조금 걸리는 일이니까 먼저 실례합니다."

"갑자기……?"

바이스는 내 답을 듣지도 않고 먼저 쌩하니 나갔다.

그렇게 출입문 앞에 선 나와 델세르.

델세르는 내 로브의 긴 소매를 조심스럽게 잡고, 기어 들어가는 목소리로 말했다.

"아르키스 님."

"왜?"

"저 갑자기 궁금한 게 생겼어요."

"말해 봐."

"예전에 타일런트가 살아 있을 때, 아르키스 님은 분명히 제게 이렇게 말씀하셨죠. 제가 도움이 되지 않는다면, 꼭대기로 향할 때 절 버리고 가겠다고요."

델세르는 공식적인 내 제자 신분.

그 당시 본교로 넘어가기 전에 했던 말이었다.

"그랬지."

"지금은요? 지금도 똑같아요?"

그녀는 이제 나와 조심스럽게 시선을 맞추며 물었다.

지금도 똑같냐는 그 질문.

아마 이 뜻일 터다.

사일러드를 잡으러 갈 때 보주화까지 사용한 자신이라면 따라갈 자격이 충분히 되냐는 그 말.

델세르가 지금 어떤 심경인지 이해가 안 가는 것은 아니다.

그녀는 본교 마지막 관문인 6층에서 보주화 수업에서 셔먼에게 퇴출당하며 내 눈에 잘 띄지 않았다.

분명히 이런 생각이었겠지.

'지금 상태로 아르키스 님을 마주하는 건 오히려 실례되는 행위야. 내주신 숙제부터 수행한 다음에 당당히 찾아간다.'

그래서 우리가 밑의 세계로 와서 검사들과 함께 생활하던 그 순간에도 델세르는 나를 찾아오지 않았다.

그녀가 나를 찾아온 시기는 덜컥 유나이트를 익혔던 시점이니까.

그런데 이젠 그것을 넘어서 원소 마법 최종 목적지라 불리는 보주화까지 익힌 상태다.

그러니 이 정도면 함께 사일러드에게 향할 수 있는 충분한 자격이 되지 않느냐는 기대를 담은 질문은 분명하다.

난 델세르의 정수리에 손을 올렸다.

하지만 그녀는 내 손을 뿌리쳤다.

"왜 그래?"

"아르키스 님, 이 행동의 의미가 뭔지 제가 얘기해도 될까요?"

"뭔데?"

"거절하기 위한 단계로 보여요. 그러실 생각이죠?"

"너, 역시 나를 열심히 관찰했구나?"

그러지 않고서야 내 습관을 이렇게나 정확하게 파악할 수 있을까.

솔직한 마음으로 기특했다.

"……지금 요점은 그게 아니잖아요."

"그런데 이번 답도 달라지는 건 없어."

난 냉정하게 답했다.

"……왜요? 보주화까지 익혔고 나도 플레우든데……. 이제 짐만 되는 거 아니잖아요. 도움 되잖아요……. 언제는 하나보다 둘이라면서……."

그런 것까지 용케 기억하고 있다니.

이제 델세르는 울먹이기까지 했다.

그녀가 무엇을 위해 마법을 그리 열심히 연습하고 익혔는지 확 이해할 수 있는 순간이었다.

"나와 함께하고 싶어서 그렇게 열심이었어? 내가 스승님의 제자였을 때의 그 마음과 동일하게?"

"……."

그녀는 대답 없이 고개만 끄덕였다.

"그런데 넌 조금 다르잖아. 단순히 날 스승으로만 생각하는 거 아닌 거, 예전부터 알고 있었는데."

이번엔 입술을 꽉 깨물었다.

"알고 있으면서 사람을 그렇게 매정하게 대하신 건가요?"

이젠 약간 분노가 느껴지는 목소리다.

난 다시 그녀의 정수리에 손을 올렸다.

"이런 거 하지 말라니까요."

"얘기 들어."

하지만 난 힘을 바짝 주며, 뿌리치지 못하게 했다.

그간의 훈련으로 힘이 세진 상태라 델세르가 가진 힘만으로는 바짝 힘을 준 내 손을 뿌리치기에는 역시 무리였다.

"이번 거절은 조금 다른데, 그 이유 안 들을 건가?"

"……뭔데요?"

"네 말대로 이젠 더는 짐이 되는 마법사 아니야. 넌 당당하게 한 가문의 가주를 맡을 수 있을 정도로 거대해졌으니까. 그런데도 데려가지 않는 이유는, 네가 밑의 세계에서 할 일이 있어서지."

"무슨…… 말씀이세요? 제가 밑의 세계에서 할 일이 있다뇨?"

"아, 그건 내가 사일러드를 잡으러 가는 날에 실행할 계획이니까 그렇게 알고 있으면 돼. 밑의 세계엔 네가 무조건 필요하니까."

하지만 이번에 델세르의 표정은 뭔가를 결심한 듯이, 굳어졌다.

"알려 줘요. 저 또 거절하셨으니까 남들보다 먼저 알아야겠어요. 그 정도 배려는 해 주시죠."

그래, 어차피 기밀도 아니고.

나중에 아는 것과 지금 아는 것과 무슨 차이가 있을까.

오히려 델세르는 핵심 인원이니, 먼저 아는 게 그녀의 말대로 나쁘지 않을 거라 생각했다.

난 그대로 델세르에게 설명하기 시작했다.

"이번에 새롭게 만든 위의 세계. 거기로 사일러드를 끌어들일 거야. 그리고 사일러드가 있는 본교로 가는 건 나와 가렌트지."

"……당연하겠죠, 마검사니까. 게다가 저와 달리 든든한 힘이 되기도 하고."

"그렇게 비관적으로 말하지 말고."

"……."

대답도 않고 그냥 입을 꾹 다물었다.

"아무튼 나와 가렌트는 사일러드가 있는 본교로, 그리고 조각사와 검사 친위대는 전부 밑의 세계 숲의 공터로 모을 거야."

"왜 다 같이 안 가고…… 따로 나누시는 이유가 뭐죠? 그러면 전력 분산밖에 안 되는 것 같은데."

"내가 새로운 세상을 만드는 데 실패했다면 그랬겠지. 하지만 우리가 싸워야 하는 무대는 본교가 아닌, 새롭게 만든 세상이잖아. 플레우드 보주화로 만든 곳이니 사일러드를 거기로 가둬야 하니까. 그래서 다 같이 가는 게 오히려 독이야."

처음부터 난 칼리토 책을 얻고 나서 사일러드를 어떻게 잡을지 그것만 고민했다.

그리고 내가 선택한 방법이 바로 이것.

사일러드가 있는 본교로 가렌트와 함께 가서 그를 억지로 우리가 만든 세상으로 밀어 넣는다.

그리고 그 세상을 내가 다스려서 그의 마력을 완전히 무력화하는 것.

그것이 가장 깔끔한 처리 방법이라고 생각했다.

"그럼 저와 검사들은 밑의 세계에서 뭘 하고요?"

어느덧 델세르도 이제 완전히 집중한 모습이다.

"나와 가렌트가 사일러드를 상대할 때 방해되는 게 뭐겠어?"

"……신물?"

"응. 사일러드가 소환하는 신물은 그 개체 수가 너무 많아."

"그러니까 더더욱 저도 함께 가야 하는 거 아닌가요? 아무리 가렌트 님이 마법까지 다룰 줄 안다지만 수에서 너무 차

이가 나잖아요?"

"예전 타일런트 때랑 다르다고 하지 않았나?"

"그러니까요! 저도 이젠 달라졌잖아요!"

델세르는 내 말을 제대로 이해 못 했다.

난 고개를 저으며 강조했다.

"너를 위험에 빠트리고 싶지 않아서라고."

"……예?"

"전엔 내가 위험해지는 게 싫어서였다면, 지금은 완전히 바뀐, 네가 위험해지는 게 싫어서라고."

"무, 무슨……."

얼마나 당황했는지 그녀는 갑자기 말을 더듬거렸다.

"네가 날 단순히 스승으로만 생각 안 하는 거 알고 있다고 했잖아. 그래서 그래."

"……그런데 갑자기 왜 마음이 달라졌는데요?"

"내게 주어진 상황이란 게 있으니까. 타일런트와 사일러드라는 상황이, 스승님이 내게 남기고 가신 것들이잖아. 난 그것에만 집중해야 했었고."

내가 알고 있으면서 일부러 외면한 이유도 전부 그것 때문이다.

일단 내게 주어진 과제들을 처리해 나가야 하니까.

이렇게 보면 델세르와 상황이 똑같았다.

델세르는 공식적인 내 제자가 되고 나서, 내가 내준 과제를 당장 하지 못했다.

지금 나도 그렇지 않은가?

스승님이 내게 남겨 주신 과제인 사일러드.

지금 당장은 완수하지 못했지만, 분명히 델세르처럼 시간이 조금 걸리더라도 꼭 완수할 수 있다는 자신감이 생겼다.

더군다나 새로운 두 종류의 무기가 내 손에 들어오게 됐으니까.

"그래서 다 끝낸 다음에 네가 하고 싶은 거 많이 하자고. 갑자기 마음이 바뀐 이유도 이젠 이길 수 있다는 확신이 있어서니까."

"……."

델세르는 다시 한동안 말이 없었다.

한참 뒤에야 되물었다.

"약속이죠?"

내가 약속한 것은 무조건 지킨다는 것을 알고 한 말이다.

"물론이다."

"좋아요, 그런 이유라면. 그래서, 밑의 세계에서 전 뭘 해야 하는데요?"

나의 확실한 약속을 받자마자 그녀의 표정은 밝아졌고 자신감마저 넘쳤다.

무슨 일을 줘도 금방 해낼 것만 같은, 그런 당찬 표정이었다.

"가렌트는 사일러드와 싸우는 게 아닌, 사일러드가 소환한 신물이랑 싸우게 할 거야. 그러면서 동시에 난 본교에 포털 두 개를 만들 거지."

"그 포털을 통해서…… 사일러드의 신물을 일부러 밑의 세계로 보낸다?"

"응. 가렌트도 바람 원소사. 사일러드는 비전력까지 사용할 수 있긴 하지만, 내가 플레우드 비전력으로 만든 마검과 함께라면 괜찮을 거야. 자신의 바람으로 신물들을 밑의 세계로 흘려보내는 거지."

그렇게 해서 사일러드와 내가 정면 대결을 할 수 있도록 만들려는 계획이다.

"그리고 밑의 세계엔 드레드와 네가 있어야 해. 넌 아직 보지 못했지만, 드레드는 대지 원소사로 자신만의 전용 무대인 투기장을 만들 수 있어. 그리고 내 포털을 드레드의 그 투기장과 연결하는 거지."

"투기장이라면…… 장벽 종류의 마법이겠군요?"

역시나 플레우드라서 그런지 말이 쉽게 통했다.

"그런데 포털을 두 개 만드실 거라면서요? 하난 밑의 세계로 연결되어 있고…… 다른 하나는요?"

뻔하지 않은가.

"내가 새롭게 만든 위의 세계로 연결되는 포털이지."

델세르는 눈동자를 굴리며 머릿속으로 상상하기 시작했

다.

"……무슨 계획이신지 알겠네요. 가렌트 님은 본교에서 사일러드의 신물을 직접 보내는 역할. 그리고 사일러드를 상대하는 건 아르키스 님 혼자."

"그렇지."

"저희 조각사와 검사 친위대는 밑의 세계에 대기하면서, 아르키스 님의 포털을 통해 넘어오는 신물들을 처리한다. 이거 맞죠?"

"정확해."

"하지만…… 아무리 그래도 사일러드가 소환한 신물 전부를 내려보내지 못할 수가 있는데, 너무 위험한 도박 아닌가요?"

그녀의 걱정도 일리는 있다.

하지만 그 걱정을 타파할 방법도 내게 있었다.

"처음에나 포털 두 개만 생성하지, 나중엔 늘릴 거야. 가렌트가 사일러드의 신물을 어느 곳으로 날려도 밑의 세계로 정확하게 배달할 수 있을 정도로."

밑의 세계로 향하는 포털이 한 개만 있다면, 가렌트가 일일이 몸으로 움직여서 신물을 그 포털로 밀어 넣어야 한다.

그렇기에 가렌트의 상태를 보면서, 밑의 세계로 향하는 포털을 늘릴 생각이다.

그러다 처음엔 하나였던 포털을 가렌트의 주위에 10개 이상 연다고 생각해 보자.

가렌트는 굳이 정해진 하나의 포털에만 사일러드의 신물을 밀어 넣을 필요가 없다.

오히려 눈에 보이는 포털 아무 곳에나 밀어 넣어도 되는 것이니.

가렌트 입장에서도 부담이 덜한 것이다.

"그래도 너무 위험한 계획 같은데……."

"그게 밑의 세계에 있는 평민은 안전하게 지키면서, 사일러드를 잡을 방법이라고 생각했거든."

"평민의 안전까지 고려한 문제라면…… 검사 사회도 있잖아요. 어차피 기존 위의 세계를 다루실 수 있게 되었면서 왜 굳이 그렇게……."

"그래서 밑의 세계의 숲 공터로 정한 거야. 어차피 거긴 도시 밖이랑 멀리 떨어졌으니 괜찮으니까. 그리고 검사 사회로 정하지 않은 이유는…… 내일이면 거기에 셔먼에게 희생당한 검사들의 묘지가 세워질 거니까. 그걸 훼손하기 싫어서."

"나 참……."

델세르는 내 답을 듣고 나서 한심하다는 듯이 한숨을 쉬었다.

"왜 그렇게 한숨을 쉬어?"

"그냥…… 너무 모두를 위하기만 하는 것 같아서요. 어떻게 모두를 위한 계획밖에 없을 수가 있어요? 괜히 아르키스 님만 힘들게 하는 것 같아요."

델세르는 한숨을 내쉬었다.

나는 순전히 나만을 걱정하는 그 모습이 썩 기분이 좋았다.

"대마법사는 모두를 위하고 지켜야 하니까. 전엔 마법 사회 하나만 통솔했다면, 이젠 검사들과 화합까지 이뤘으니 검사들까지 위해야 하잖아."

난 스승님이 남기신 그 말씀을 인용했다.

"……좋네요. 그런데 대마법사는 모두를 위하고 지키는데 그 모두엔 자신이 포함되지 않는 건가요?"

정말 궁금함이 느껴지는 질문이었다.

"아무래도 그렇지? 대마법사란 게 개인이 아닌, 공인의 개념이니까."

내 몸 하나만 건사할 목적으로 행동한다면, 어떻게 대마법사를 할 수 있을까.

그런 생각이 있는 자는 대마법사가 절대 되어서는 안 된다.

실제로 그런 대마법사가 하나 있지 않았던가?

드라코 타일런트라고.

"뭐, 괜찮아요. 아르키스 님은 내가 지켜 주지 뭐. 이제 제게 지킬 힘이 있는 거 맞잖아요? 보주화까지 구현할 줄 아는 플레우든데!"

델세르가 자신만만하게 외쳤다. 나는 그런 델세르를 흥미로운 눈빛으로 바라보다 말했다.

"그래. 단, 자신하는 건 좋은데 자만은 하지 마. 알겠지?"

"자만한 적 없습니다! 잘 알면서 그러십니까!"

"자, 약속했으니까 이제 나가도 될까?"

내가 먼저 묻자, 델세르는 고개를 도리도리 저었다.

"아직 하나 남았어요."

"말해."

"아까 저희 아버지한테 말씀하셨잖아요, 죽더라도 모습을 바꿔서 살아오겠다고."

"그랬지?"

"그러지 마요. 모습이 변하면 찾기 힘드니까. 그러니까 지금 모습 그대로! 살아서 오기로 약속해요. 약속은 누구보다도 기가 막히게 지키시는 분이니까!"

델세르가 새끼손가락을 내밀었다.

난 약 3초 정도 고민하고 그녀의 손가락을 걸었다.

"약속이 너무 많이 늘어나는 느낌이네."

"지켜봅니다. 그리고 기대합니다. 다 끝난 뒤에 내가 하고 싶은 대로 다 하자고 하셨으니까."

그렇게 말한 델세르는 먼저 나갔다.

일부러 내 답을 듣지 않고 나가는 그 모습이 이미 뱉은 말을 번복하지 말라는 경고로 느껴졌다.

"사는 거, 어렵지 않지."

나도 약속은 지킬 생각이다.

꼭.

다음 날이 되었을 때, 조각사와 검사 들은 다시 숲의 공터로 모였다.

인원을 전부 확인한 뒤에 곧장 내가 직접 포털을 열었고, 가렌트와 내가 앞장서서 검사 학교로 향했다.

우리의 계획은 1층부터 6층까지, 한 층 한 층 전부를 샅샅이 뒤지며 검사들의 시체를 수습하는 일이었다.

나와 가렌트는 검사 학교 정문으로 나왔다.

바로 묘지의 위치를 잡기 위함이다.

검사 학교의 정문에도 넓은 정원이 있었으며, 그 생김새가 마법 학교의 정문과 똑같았다.

처음 만든 사람이 아무리 같다고는 하지만…… 이렇게 똑같으면 나조차도 어느 쪽이 검사 학교고 마법 학교인지 헷갈릴 지경이다.

"이 정원을 그냥 묘지로 만들고 싶다. 검사들을 기리는 곳으로 만들 생각이지. 마침 검사 학교 정문에 있는 정원이니

까…… 후에 상징적이기도 하니 나쁘지 않을 것 같아서."

나직하게 말하는 가렌트의 말에 나는 동의했다.

학교 정문에 있는 공동묘지.

그리고 굳이 공동묘지로 돌리려는 것도, 가렌트가 이들의 죽음을 소위 말하는 개죽음으로 기억되게 하고 싶지 않기 때문이다.

이들은 분명히 검사 사회를 위해 목숨을 바친 영령이라고 할 수 있다.

이들의 희생이 있어서 검사들도 생각을 달리하게 되었고, 결과물인 마법사와의 화합을 이룰 수 있으니까.

그리고 정원은 현재 검사 학교 내부에 있는, 수습되지 않은 시체를 전부 안장하기에 충분한 크기다.

혹시라도 조금 부족하면 내가 억지로 늘리면 그만이다.

예전엔 할 수 없었던 것들을 이제 난 할 수 있으니까.

"아, 그리고 어제 검사들이랑 논의했어. 네가 생각하는 셔먼의 최후, 동의한대."

듣던 중 반가운 소리다.

하지만 확실히 짚고 넘어가고 싶은 것도 있었다.

"검사 일부의 동의야, 아니면 전체야?"

혹시라도 소수의 반대자가 나오면 어쩌나 하는 나만의 걱정에 물었지만 가렌트의 답은 그런 나의 걱정을 덜어 주었다.

“놀랍게도 전체의 동의.”

“다행이네, 날 믿어 줘서.”

“뭐, 그런 셈이지. 그러니까 셔먼 부분은 전적으로 너에게 맡긴다. 우린 네 계획에 따르기만 하면 되니까. 작업이나 시작하자.”

“그러자.”

그렇게 수습 작업은 시작되었다.

작업 방식은 단순하다.

이 시설물을 잘 알고 있는 부류는 바로 검사.

층마다 각자 돌아다니며 마법사들에게 간이 시설물 지도를 그려 주고, 각 시설물에 얼마나 많은 시체가 있는지 알려준다.

검사가 굳이 짊어지고 내려오지 않은 이유도 이미 방치된 지 꽤 지난 시체들이기에 훼손을 막기 위함이었다.

그렇게 마법사들은 전달받으면 곧장 해당 장소로 이동해, 시체들을 안전하게 이곳까지 옮겨 온다.

나와 가렌트는 그렇게 수습한 시체들이 도착하면 그들의 자리를 만들어 주었다.

난 이때 가렌트의 진면모를 새롭게 봤다.

“그 녀석 이름은 루엔.”

바로 학생, 교관, 조교 할 것 없이 얼굴만 보고도 이름을 전부 알고 있다는 점.

평소 후배 검사들에게 얼마나 큰 애착을 가졌을지 쉽게 이해되는 부분이었다.

난 가렌트가 시체의 이름을 알려 주면, 묻힌 곳에 비석을 세워 줬다.

그렇게 우리는 꽤 시간을 들여서야 겨우 수습 작업을 끝낼 수 있었다.

수습 작업이 끝난 뒤.

검사와 마법사는 검사들의 공동묘지에 모여 짧은 묵념의 시간을 가졌다.

각자 속으로 비는 기도의 내용은 제각각일지 몰라도, 메시지는 똑같을 거다.

'그곳에서 편히 쉬어라, 편한 세상을 선사하지 못해서 미안하다.'라는 내용일 터다.

실제로 나도 그런 내용의 기도를 올렸으니까.

그렇게 묵념까지 끝난 뒤에, 난 모두를 이끌고 밑의 세계로 내려갔다.

그리고 곧장 전부를 검사 의회로 소집했다.

바로 곧 행할 사일러드와의 담판.

델세르에게 어제 설명했던 계획을 모두에게 전하기 위해서다.

❦

의회에 모인 모두에게 내 계획에 대한 설명을 마쳤을 때였다.

다들 어려운 부분은 없는지, 고개를 끄덕이며 제각각 생각에 빠져 있었다. 아마도 각자의 임무에 대한 것일 터다.

"그래서, 바로 내일 갈 거야?"

가렌트가 물었다.

특히 이 작전의 핵심은 나와 가렌트.

그런데도 가렌트는 전혀 기죽은 모습이 아니었다.

오히려 의욕이 상당히 충만해 있었다.

아마도 검사 학교에 방치되었던 시체들을 전부 수습했다는 안도감에 그의 마음과 몸이 가뿐해진 것으로 보였다.

"음…… 바이스."

하지만 사일러드와의 담판을 짓기 전에 꼭 행해야 하는 게 아직 남았다.

"네, 아르키스 님."

"내가 지시한 환각제. 이틀이라고 했는데, 내일이 바로 그 이틀이 된다. 내일이면 완성되나?"

"순조롭게 제조 중입니다. 그런데……."

바이스는 답하면서 가렌트의 눈치를 슬쩍 훔쳤다.

"걱정 마. 검사들 전부가 동의했다고 한다. 그렇지, 가렌

트?"

"물론이지. 그러니 걱정 말고 하고 싶은 대로, 계획한 대로 하면 된다는 말씀."

가렌트는 용기를 심어 주는 것같이 따뜻하게 답했다.

"그렇다면…… 내일 저녁쯤에 완성됩니다. 아마 셔먼에게 먹이는 건 그때가 되겠죠."

"바이스, 혹시 말이야, 네가 만든 환각제 한 번 먹이는 걸로 영구적으로 가? 아니면 기존 환각제처럼 지속적으로 먹여야 해?"

노파심에 하는 질문이다.

"제가 누굽니까?"

하지만 바이스의 답에 난 안도가 되었다.

그래, 내가 지금 무엇을 의심한 거냐?

물약의 대가인 에밋 가문의 가주가 직접 만든 환각제인데.

"자아 자체를 파괴해 버리는 일이기에 한 번만 먹여도 충분합니다."

"좋아, 그럼 우리의 계획이 시작되는 건 그다음 날로 하자. 셔먼에게 환각제를 먹이고 다음 날 동이 트면 따로 공지하지 않더라도 알아서 공터로 모여."

"알겠습니다."

그렇게 준비가 모두 끝났다.

이제 우리가 할 것은 때가 오기를 겸허하게 기다리는 것.

정말 계속 앞이 보이지도 않는 길을 달리기만 하다가 마침 내 끝을 마주한 기분이다.

다음 날 저녁이 되자, 바이스는 내게 미리 알려 준 대로 완성한 환각제를 가지고 왔다.

이번 환각제는 기존 환각제랑 확실히 달랐다.

똑같은 색이지만, 그 양이 훨씬 비교할 수 없을 정도로 훨씬 많았다.

"이걸 먹이면, 끝이지?"

"네. 사람이지만 사람이 아니게 되는, 그런 상태가 되죠."

"고생했어."

"아닙니다."

"내일을 위해서…… 쉬어. 이건 내가 직접 할게."

"아무리 적한테 먹이는 거라지만, 그래도 내키진 않네요. 이건 그 환각제의 무서움을 제가 알고 있어서 그런 거겠죠?"

"연민을 가질 필요 없는 놈이야. 죄책감 같은 거 가지지 마."

"당연히 절대 안 가지죠. 하지만 이 환각제를 쓰는 일이 오늘 이후로 없었으면 좋겠습니다."

"응. 내가 그렇게 만들 거야. 앞으로 이런 환각제 쓸 일이 없도록."

"믿습니다, 아르키스 님."

"믿음에 보답하지."

그렇게 바이스는 돌려보내고, 난 환각제를 들고 셔먼이 있는 집 앞에 도착했다.

'이제 끝이다, 셔먼.'

문을 천천히 열고 안으로 들어갔다.

여전히 내 속박 마법에 걸려 있는 셔먼.

그가 문이 열리는 소리를 듣고 고개를 들었다.

지난 이틀간, 셔먼은 환각제를 강제로 투여받지 않았다.

이유는 바이스가 어차피 강력한 새로운 환각제 제조에 들어갔으니, 기존 환각제 투여는 더는 필요 없다고 판단해서다.

내 마법의 속박만 온전하다면, 단일 원소사인 그가 속박을 풀고 마법을 구현할 수 있을 리도 없으니까 인력 소모를 줄이기 위함이었다.

난 그대로 셔먼 앞에 섰다.

"크흐으으으……."

연신 감금만 당해서 심신이 상당히 지친 상태로 보였다.

"왜 또 왔지…… 아르키스 에이머?"

난 그가 말한 순간, 그의 속박을 풀었다.

쿵!

그러자 그는 반응도 채 하지 못하고 그대로 바닥에 엎어졌다.

"너한테 이걸 먹이려고 왔다."

바이스에게 받은 환각제가 담긴 병을 흔들며 보여 줬다.

"……."

그러자 그는 눈빛이 살벌하게 변하며, 벌떡 일어났다.

"역시, 한때 문지기라는 거냐? 그렇게 괴롭혔는데도 멀쩡히 움직일 힘이 다 있다니."

"……너, 실수한 거야. 속박을 풀었다는 건, 내가 마법을 구현할 수 있는 상태가 되었다는 거니까. 심지어 지난 이틀간은 환각제도 안 먹였더군."

쩌저적-!

그는 기다렸다는 듯이 검은 송곳 다발을 구현했다.

"그리고 넌 어차피 날 못 죽이잖아? 왜? 내가 없으면 위의 세계로 향할 수 없으니까!"

송곳 다발을 나를 향해 날렸다.

아무래도 셔먼은 그 사실 하나만 믿고 내게 이렇게 노골적으로 까부는 것으로 보였다.

내가 자신을 절대 죽이지 않는 게, 사실은 죽일 수 없는 것이니까.

자신이 사라지면 나도 무용지물의 마법사가 된다는 믿음 하나로.

그래, 틀린 말은 아니다.

지금이 내가 스승님을 만나러 본교로 가기 전이었다면 말이다.

"멍청하긴."

난 그의 마법을 방어하지도 않았지만, 그렇다고 플레우드를 이용해 소멸시키지도 않았다.

포털 하나만 생성했다.

셔먼이 날린 송곳들은 내 포털 속으로 전부 들어갔고, 그 순간 난 포털을 닫았다.

"어디로 보낸 거지? 느닷없이 포털이라니 웃기지도 않는군. 네가 보낼 곳은 밑의 세계의 어딘가밖에 더 있나?"

"글쎄. 소환 마법을 다루는 어떤 놈에게 흘러갔겠지."

"……뭐?"

그 순간, 셔먼의 눈동자가 흔들렸다.

"수준을 맞춰서 놀아 주니까, 눈에 뵈는 게 없어졌나?"

사일러드는 새롭게 터득한 소환 마법을 연마하고 있을 때였다.

"……?"

순간 뒤통수에서 아찔한 느낌이 들어 황급히 뒤를 돌아봤다.

슈슉-!

채 반응을 하기 전에, 검은 송곳들이 그의 몸을 스쳐 지나갔다.

그중 하나는 사일러드의 볼을 스쳐서, 볼에 상처가 났다.

하필이면 에타르의 화염이 있는 그 자리였다.

"크흑!"

물처럼 상처에 스며드는 에타르의 화염.

상처가 생기기 전에는 조금 귀찮긴 하지만, 애써 무시할 수 있는 수준이 되었는데.

그가 남긴 화염이 상처 속으로 들어가니 얘기가 달라졌다.

그는 고통에 몸부림쳤다.

"어떻게……!"

그리고 자신을 스친 검은 송곳.

그것은 분명히 드라코 가문의 마법사들이 주력으로 사용하던 그 마법이다.

게다가 아찔함을 느꼈을 때, 사일러드는 똑똑히 봤다.

아주 잠깐 생성된 포털이 검은 송곳을 뱉어 내고 곧장 홀연히 사라졌다는 것을.

"……검은 송곳."

분명히 드라코 가문이 개발한 마법.

현존하는 마법사 중 드라코 가문의 마법사는 딱 한 명.

바로 밑의 세계에 있는 드라코 셔먼뿐이다.

"왜 갑자기 포털이 열렸다가 닫힌 거지?"

하지만 궁금증도 잠시였다.

"크흑……!"

그의 상처에 스며든 에타르의 화염이 다시 그를 괴롭히면서, 온전한 정신을 유지하지 못하게 훼방을 놓았다.

'셔먼이…… 포털을 열 수 있는 상태인가?'

사일러드는 지속적인 고통 속에서도 오직 그것만을 생각했다.

만약 그런 상태라면, 분명히 다시 포털이 열릴 거다.

그때가 기회다.

그때 포털을 통해서 위의 세계를 탈출하고, 에이머와 담판을 짓는다.

오직 그 생각만 가득한 채로 꼭대기 사방을 유심히 감시했다.

그러나 세상일은 호락호락하지 않는 법.

하늘은 그의 간절한 소망을 무참히 무시했다.

"지금 날 가지고 노는 거냐!"

그는 결국 이성을 잃고 포효했고, 이젠 새로운 형태의 소환 마법을 향해 분풀이를 시작했다.

"얌전히 이거 받아 마실래, 아니면 험한 꼴을 보고 받아 마실래?"

내가 환각제의 뚜껑을 따면서 물었다.

"……내 인도의 송곳, 어디로 보낸 거지?"

"그게 중요한가?"

셔먼은 절대 적대감을 사그라트리지 않았다.

그가 일부러 검은 송곳을 '인도의 송곳'이라고 말한 것도 다 그것의 일환이다.

인도의 송곳은 미쳐 버린 날 타일런트가 죽였다고, 사실을 왜곡하면서 생긴 별명.

옳지 않은 길로 빠질 뻔한 마법 사회를 구했다는 이유로 '인도의 송곳'이라 불리기 때문이다.

"네 유치한 말장난에 놀아날 생각은 없고."

어차피 반응하지 않으면 그만이다.

난 그의 말을 무시한 채로, 간단한 플레우드 마법 하나를 구현했다.

그를 여태껏 감금할 수 있었던 그 속박 마법이다.

단, 차이점이 있다면 그 전에는 벽에 붙여 놨지만, 지금은 손과 발을 묶은 채로 허공에 두둥실 뜨게 했다는 점이다.

"끄윽……!"

셔먼은 몸부림치면서 어떻게든 속박에서 빠져나오려고 했지만, 단일 원소사에 지나지 않는 그가 스스로 플레우드를 부수는 것은 무리다.

그렇다고 비전력을 사용할 수 있는 녀석도 아니기에 맥없이 내 앞으로 끌려왔다.

"그러길래 험한 꼴 보기 전에 얌전히 왔으면 좋았잖아. 아, 그리고 네가 궁금해하는 거, 보여 줄까?"

이제 셔먼은 곧 자아가 사라지게 될 거다.

하지만 우리가 이뤄 낸 성과를 그대로 모르고 사라지기엔 너무 아깝지 않은가?

난 그 상태로 셔먼에게 링킹을 연결했다.

내가 보여 주는 기억은 바로.

새로운 위의 세계를 만든 것과 그 위의 세계에서 통로를 내 마음대로 연결할 수 있다는 것.

그것을 넘어, 셔먼의 최후를 어떻게 정해야 할지 가렌트와 논의한 것까지 전부를 보여 줬다.

"……네가 너만의 세계를 만들었다고? 그런 마법은 있을 수 없어. 존재할 수 없는 마법이라고!"

그는 자신의 눈으로 직접 봤음에도 현실을 부정했다.

"마음대로 생각해라. 어차피 믿으라고 보여 준 것도 아니니까."

"……그럼 왜 보여 준 거지?"

"너와 나의 차이를 알려 주려고. 정확히 말하면 나와 드라코의 차이지. 너희는 있는 세상을 가지고 싶었지만, 난 세상 하나를 만들어 버렸으니까."

"……."

그는 눈에만 힘을 잔뜩 준 채로, 나를 노려봤다.

"눈에 핏줄 터지겠다. 그래 봤자 네 손해지 내 손해냐?"

물론, 전혀 위협적으로 다가오지도 않을뿐더러.

오히려 애쓰고 있으니 측은하게 느껴질 뿐이다.

셔먼은 이제 다른 것을 집중했다.

"내 최후를…… 감히 너희가 멋대로 결정해……?"

"네 입에서 그런 말 나오니까 정말 가당치도 않네."

재능이 있는 학생만 골라 죽여 놓고 그것을 자랑스럽게 여긴 놈이 자신의 최후가 남의 손에서 저울질당하고 있다는 사실을 분개하다니.

도대체 뇌가 어떻게 생겨 먹었는지 직접 해부해서 보고 싶을 정도였다.

"더 할 말 없지?"

"……아직……!"

"닥쳐, 그냥."

하지만 난 그의 말을 듣지 않았다.

정확히 말하면 변명할 시간을 주지 않고 그대로 입속에 바이스의 환각제를 들이부었다.

쓰레기의 입에서 명언이 나올 리가 있나.

아니, 명언까지 바라지도 않는다. 최소한의 반성만이라도 나왔으면 나도 아마 조금은 고민했을 거다.

그러나 셔먼은 늘 내 기대를 저버리지 않았고, 딱 예상한 대로 행동하는 아주 정직한 마법사였다.

"커허헉, 컥……!"

고개를 젖힌 채로 억지로 목구멍을 비집고 들어오는 액체를 셔먼이 스스로 거부할 수 있는 재간이 어디 있을까.

그는 고통스럽게 몸부림치면서도 바이스의 환각제 전부를 꾸역꾸역 들이켰다.

"커헉! 커헉!"

중간에 기침을 해 대고는 있었지만, 그래도 흘린 환각제의 양은 많지 않다.

흘린 환각제를 대충 가늠하자면, 본래 병에 담긴 10%쯤밖에 되지 않는다.

셔먼은 그렇게 환각제 전부를 들이켰다.

'된…… 건가?'

난 조용히 숨을 죽이고 그의 상태를 살폈다.

도대체 바이스는 이 환각제의 효과가 어떻길래, 인간의 존엄성까지 해친다고 한 걸까.

말로는 대소변도 못 가리는 이상자가 된다곤 하지만 그건 어디까지나 비유적인 표현이라고 생각했다.

하지만 또 걱정하는 바이스의 모습을 돌이켜보면 단순한 비유적인 표현이 아닌 것 같기도 하고…….

참 고민스러운 상황이다.

그렇게 나는 셔먼의 변화를 천천히 기다렸다. 그때였다.

"흐헤헤…… 헤헤……."

셔먼의 목소리에서 드디어 소리가 나왔는데, 난 그 순간 표정을 찌푸리고 말았다.

'목소리가…… 왜 이래……?'

셔먼은 마치 어리광을 부리고 싶어 하는 아이라도 되는 듯 일부러 어린 목소리를 내고 있었다.

"헤헤헹…… 헤헤!"

이젠 실성한 듯이 웃었다.

무엇이 그리도 재미있는지, 그는 천장을 보며 계속 웃고 있었다.

'초점이…… 사라졌다.'

그제야 셔먼의 상태를 제대로 살필 수 있었다.

'확실히 상태가 이상하군.'

난 그를 속박해 뒀던 마법을 거뒀다.

쿵!

그는 허공으로 떨어지면서, 몸을 부들부들 떨었다.

자세히 보니 아파서 떠는 게 아니었다.

"키히힉! 키키킥!"

'……이렇게 정신이 완전히 나간다는 걸 뜻한 거야, 바이스?'

순식간에 동네 바보가 된 셔먼.

그는 갑자기 벌떡 일어나더니 집에서 뛰쳐나갔다.

혹시 몰라서 난 그의 뒤를 밟았다.

그런데 그 뒤로 이어지는 그의 행동이 가관이었다.

"배고……파! 배고파!"

어린아이처럼 배고프다며 울부짖는 셔먼.

그러다가 그의 발에 돌멩이가 걸렸을 때다.

"어……!"

셔먼은 그 순간 땅에 엎어지더니, 그 돌멩이를 소중하게 집었다.

"꼬기다……! 꼬기……!"

돌멩이를 고기라고 말하며, 그대로 입속으로 집어넣는 셔먼.

'저래서…… 존엄성 그 자체를 해쳐 버리는 일이라고 했구나.'

정말 저렇게 남은 인생 전부를 살아야 한다면, 살아도 산 게 아니지 않은가?

저건 미친 것보다 더한 수준이었다.

그렇게 셔먼은 한때 문지기였다고는 감히 상상도 할 수 없는 상태가 되었다.

'그래도 저 상태로 놔두면 피곤해지겠어. 사일러드와 담판을 짓기 전까진. 잠시 가둬 둬야겠군.'

"꾸엑……! 께엑! 껙!"

돌멩이를 삼킨 셔먼은 곧장 속을 게워 냈다.

고통스러운 구역질도 잠시, 그는 다시 그 상태로 돌아왔다.

"흐헤헤헤! 헤헤헤헤!"

그리고 그 요망한 웃음소리를 절대 빼놓지 않고 흘렸다.

아무래도 셔먼에게 있어서 언어란, 저 요상한 웃음밖에 없는 듯했다.

또다시 어디론가 뛰어가는 셔먼.

난 그런 셔먼의 몸에 다시 속박 마법을 걸었다.

"꾸엑."

정말 어린이와 놀아 주는 것 같은 기분이다.

아예 지능이란 게 사라진 상태로 보였다.

"사일러드까지 처리될 때까진 안에서 가만히 기다리고 있어라."

난 그를 원래 가뒀던 그 집에 넣어 놨다.

검사와 마법사 전부가 모여 사는 이곳이고 내일이면 사일러드와 담판을 지으러 가는데, 시끄럽게 해서 그들의 신경을 빼앗고 싶지 않았으니까.

"확실히 무시무시하네…… 바이스의 환각제."

약속한 대로, 오늘 이후로 절대 사용할 일이 없어야 하는 건 분명하다.

마법사에도, 검사에도, 또 평민에도 속할 수 없다.

영영 정상인에게는 이해받을 수 없는 상태가 되었으니까 말이다.

다음 권으로 이어집니다

활 쓰는 대마법사

한시웅 퓨전 판타지 장편소설

거침없는 팩트 폭격으로
드래곤조차 눈치 보게 만드는
극강의 꼰대! 아니, 최강의 궁신이 나타났다!

유일하게 '신'이라 불리는 무인, 궁신 하철혁
자격을 시험받다 우화등선에 실패해
새로운 세상에서 눈을 뜨는데……

내공이 한 줌도 없다?

제로부터 시작하는 이세계 생활에 놀람도 잠시
처음으로 아버지라 느낀 존재가 살해당하고
그 뒤에 모종의 음모가 있음을 알게 되는데!

이세계에서도 궁신의 신화는 계속된다!
군필도 두 손 두 발 드는 FM 정신으로
안 되는 것도 되게 하라!

기어코 무대로

공원동 현대 판타지 장편소설

"관심을 받으면 집중이 잘돼요."
사상 최강의 관종(?) 싱어송라이터가 나타났다!

데뷔 직전 사고로 인해 모든 것을 포기한 도원경
삼 년 뒤, 그에게 기적이 일어났다?

사람들의 시선을 받으면 능력이 발현!

너튜브 영상이 대박 나고
서바이벌 오디션 출연 제의까지?

도원경 사전에 더 이상 포기는 없다!
좌절을 딛고, 『기어코 무대로』!